Ludwig Ferdinand Huber

Der verliebte Briefwechsel, ein Lustspiel. Nach L'intrigue épistolaire

Ein Lustspiel in fünf Auszügen

Ludwig Ferdinand Huber

Der verliebte Briefwechsel, ein Lustspiel. Nach L'intrigue épistolaire
Ein Lustspiel in fünf Auszügen

ISBN/EAN: 9783743424340

Hergestellt in Europa, USA, Kanada, Australien, Japan

Cover: Foto ©Andreas Hilbeck / pixelio.de

Manufactured and distributed by brebook publishing software (www.brebook.com)

Ludwig Ferdinand Huber

Der verliebte Briefwechsel, ein Lustspiel. Nach L'intrigue épistolaire

Vorbericht.

Der verliebte Briefwechsel wird wie ich hoffe, zum Gebrauch der Bühnen, neben andern komischen Intriguenstücken seinen Platz einnehmen, den man ihm um so eher gönnen kann, als diese Gattung, die allerwärts im natürlichen Besitz ist, das Publikum zu unterhalten, vor mancher andern den Vorzug hat, daß sie, in gewissen Schranken bleibend, den Geschmack — wenigstens nicht verdirbt.

Personen.

Doctor Wolf, Reichsprocuratur.
Barbara, seine Schwester.
Albertine, seine Mündel.
Brand, Albertinens Liebhaber.
Reinbold, Mahler.
Madame Reinbold, seine Frau, und Brands Schwester.
Frau Walther, ihre Nachbarinn.
Fanger, Gerichtsdiener, Hausgenosse des Doctor Wolfs.
Werner, Schreiber bey einem Notarius.
Häscher.

Die Handlung dauert vom frühen Morgen bis Mitternacht.

Erster Aufzug.

Der Schauplatz ist in Doctor Wolfs Haus; die Bühne stellt einen Saal mit drey Thüren vor, eine auf der Rechten des Theaters, mit einem Dintenfleck am Schloß, gehört zu Albertinens Zimmer; eine andre gegen über, linker Hand, führt auf die Straße; die dritte im Hintergrund, führt ins andre Zimmer. Alle drey sind verschlossen. Ein Tisch mit Papier, Federn, Schreibzeug, etwas links vom Theater, im Vordergrund; rechts, in der nähmlichen Linie, ein kleiner Arbeitstisch; Stühle, Sessel, u. s. w.

Erster Auftritt.

Albertine, lebhaft aus ihrem Zimmer tretend, Docter Wolf, ihr nach.

Doctor Wolf.

Schön, schön! Vortrefflich! Das ist es also, was die Mamsell so widerspenstig macht? Darum wird bey allem das Näschen gerümpft, das Mäulchen bey allem verzogen? Sind wir doch endlich dahinter gekommen! Eine Entführung also war im Werke, und sie bothen dazu die Hände? Pfui, pfui, Albertine, sie sollten sich schämen!

Albertine. Ey warum denn, mein Herr? Was ist gegen den jungen Mann auszusetzen? Er will mich heirathen, und wir lieben uns —

D. Wolf. Lieben — lieben? Aber zum letzten Mahle bedeute ich ihnen hiermit, daß sie ihn nicht lieben sollen.

Albertine. Sachte, Herr Doctor! Freylich muß ich den Willen meines Vaters ehren, der sie zu meinem Vormund einsetzte. Aber die Hand auf's Herz — wie haben sie bis jetzt die Pflichten dieses Amtes erfüllt? Warum ereifern sie sich? Ist es denn ein Verbrechen, sich von ungerechtem Druck befreyen zu wollen?

D. Wolf. Undankbare!

Albertine. Nun wahrhaftig, große Wohlthaten habe ich von ihnen empfangen —

D. Wolf. O der Schlange, die ich in meinem Busen nährte! Alle meine Sorge, alle meine Aufsicht wird für nichts gerechnet. Im Singen, im Tanzen, im Zeichnen habe ich sie unterrichten lassen. Ich plage mich mit ihrer Erziehung, von ihrer frühen Kindheit an. Nie sah ich das Geld an, wenn es zu ihrem Besten war.

Albertine. Hm, die Rechnung wird sich endlich auch machen lassen, und mein Vermögen nicht übersteigen, das sie in Händen haben. Uebrigens danke ich ihnen für ihre Mühe; aber meine Erziehung erhielt ich in dem Kloster, das ich vierzehn Jahre bewohnte: sie zahlten da für mich, wie es ihre Pflicht war, und sonst wüßte ich nicht, was sie —

D. Wolf. Schweigen sie!

Albertine. Nein, ich werde nicht schweigen. Denken sie denn, ich sähe nicht, nach welchem Ziele ihr Geitz strebt? Ich soll glauben, daß sie mich lieben, und ich soll ihre Frau werden? In der That, die Art wie sie jetzt mit mir umgehen, müßte mir schon allein große Lust dazu geben! Nein, hoffen sie ja nicht auf meine Einwilligung. Mein Alter gehört der Liebe, das ihrige dem Geld. Wäre ich weniger reich, so könnte ich eher an ihre Zärtlichkeit glauben, indessen mag es mit dieser bestellt seyn wie es will, verwehren kann ich sie ihnen nicht: nur seyn sie versichert, daß sie ewig unerwiedert bleiben wird.

D. Wolf. Das wollen wir schon sehen, Trotzkopf! Fürs erste, Mademoiselle: mit dem Ausgehen hat es ein Ende. Marien habe ich fortgejagt, weil sie nicht besser auf ihre Schritte Acht gab — Doch ehe wir weiter gehen, sie haben noch nicht gebeichtet, Mademoiselle! Maria war blind, aber ich weiß daß sie mich nicht verrieth. Wie haben sie es angefangen, um den Briefwechsel zu führen?

Albertine. Die Briefe sind ja in ihre Hände gefallen.

D. Wolf. Freylich, zum größten Glücke! den Nahmen des saubern jungen Herrn weiß ich, und es soll ihm, so Gott will, gereuen, sich an dem Doctor Wolf gerieben zu haben. Quaeritur aber, wo, wie, und wenn die verliebten Zusammenkünfte statt gehabt haben? Ohne Zweifel hat sich der listige Vogel in das Haus geschlichen!

Albertine. Niemahls. Nie dachten wir auch nur an einen Versuch dazu. Unsre Briefe sagen alles, sie brauchen sie nur zu lesen. Und wie hätte er denn über die Schwelle kommen können? Ist nicht alles verschlossen und verriegelt, wie in einem Staatsgefängniß?

D. Wolf. O darum! —

Albertine. Mein Zimmer ist das entlegenste vom ganzen Haus. Es geht auf den Hof. Des Nachts schließen sie mich ein, des Tags kommen sie mir nicht von der Seite.

D. Wolf. Das reicht alles nicht hin: wir haben ja den Beweis! Mich so hinters Licht zu führen! Ich begreife noch nicht, was sie alles für Ränke gespielt haben müssen.

Albertine. Ach nein, so arge Ränke hat es nicht gekostet. Kann sie das zufrieden stellen, so sollen sie alles wissen, und lernen sie daraus, daß ihre Aufsicht vergeblich ist. Wenn es also ihr Wunsch ist, mir zu gefallen, so hören sie auf, mein Kerkermeister zu seyn. — Es war ein schöner Sommertag, wir waren spazieren gegangen, Marie und ich. Im Buchenwäldchen schlenderten wir langsam fort, und ich dachte an ihre Liebe und an meinen — meine Gleichgültigkeit. Ein junger Mann unterbricht meine traurigen Betrachtungen. Er ging ein Paar Mahl, wie von Ungefähr, an uns vorüber: seine Augen schienen auf meine Blicke zu warten. Marie merkte davon nichts, und doch zitterte ich, als müßte sie alles sehen. Um sie zu zerstreuen, schwatzte ich, schwatzte ich mit ihr, und wußte selbst nicht was. Sie gerieth in den Text — wer kein Wort hörte, war ich. Der junge Mann ging auf der Seite in einer kleinen Entfernung, lauschte sichtbar auf jede meiner Bewegungen, auf jeden meiner Blicke, und es mochte ihm freylich nicht entgehen, welch ein sonderbarer Reitz mich wieder meinen Willen ganz leise zu ihm zog. Ach aber, ich schwöre es ihnen, verstohlen bloß getraute ich mir, ihn anzusehen — und wissen sie wie ich es machte, damit Maria mich nicht schelten sollte? So oft ich mich umsah, hatte ich immer etwas fallen lassen, bald das Schnupftuch, bald den Fächer, bald einen Handschuh, oder es hatte sich ein Dornenstrauch an meinen Rock gehängt —

D. Wolf (voll Ungeduld endlich losbrechend.) Aber mein Gott, Albertine, wissen sie denn nicht, was ein Mädchen für Gefahr läuft —

Albertine. Ich weiß wohl, aber just damahls ließ ich's aus der Acht.

D. Wolf. Fortgehen mußten sie: das war sehr übel gethan.

Albertine. Ja freylich, aber was wollen sie? Ich fand Vergnügen daran.

D. Wolf. Bedenken sie nur, Albertine, daß der junge Mann ohne ihre Unvorsichtigkeit vielleicht nicht an sie dachte, und —

Albertine. Warten sie! Wir setzten uns nieder; da trat er noch etwas mehr auf die Seite. Ich gab mir alle Mühe, ohne eben hinzusehen, um gewahr zu werden, ob er sich gar entfernte. Aber es währte kurze Zeit, so ging er wieder nahe an uns vorbey — und siehe da, fast unter meinen Füßen merke ich ein ganz klein zusammengekugeltes Stückchen Papier. Marien stand noch immer der Mund nicht still: sachte, sachte, mit einer Hand bloß, rolle ich das Papier auf, wende die Augen ein, zwey, dreymahl auf die Seite, bis ich recht deutlich, unter der Aufschrift eines Brief-Couverts, ganz frisch mit Bleystift geschrieben, die Worte lese: Ich liebe sie.

D. Wolf. O der frechen jungen Brut!

Albertine. Da er mich aber wirklich liebte, warum sollte er mich's nicht wissen lassen?

D. Wolf. Verdammt sey das heutige Liebhabervolk!

Albertine (boshaft naiv fortfahrend.) Ich hatte nun kein Couvert, daß ich ihm hätte antworten können. Denken sie nur wie ich sorgte, bis ich ein Zeichen ersonnen hatte. Schon kehrte er zurück: da fing ich auf einmahl an, Mariens Suada zu bewundern; ich lobte sie so lange, bis er uns ge-

rade gegen über stand, und ich, laut genug, mit
den Worten schloß: ich höre sie so gern,
daß ich sie immer wieder hören möchte. Ja, immer möchte ich sie um mich
haben —

D. Wolf (außer sich.) Aber um des Him-
mels willen —

Albertine. St, st! die arme Marie wußte
sich vor Freundlichkeit und Stolz nicht zu lassen:
sie drückte mich in ihre Arme, und über ihre
Schulter weg erklärte ich durch einen langen,
langen Blick meinem entzückten Freund den wahren
Sinn jener Worte —

D. Wolf. Und jetzt folgte er ihnen?

Albertine. Er ermangelte nicht.

D. Wolf. Und sie begegneten ihm auf allen
ihren Schritten und Tritten?

Albertine. Beständig.

D. Wolf. Und auf diese Weise wußtet ihr euch
die Briefe zuzustellen, hinter welche ich heute gekommen bin?

Albertine. Freylich.

D. Wolf. Genug. Hören sie nun was geschehen wird. Ich liebe sie, und morgen werden
wir Mann und Frau —

Albertine. Doch wohl nicht ohne meine Einwilligung?

D. Wolf. Für die ist mir nicht bange!

Albertine. Was? Und ich schwöre ihnen —

D. Wolf. Sachte! Ohne meine Schwester oder mich gehen sie nicht wieder aus dem Hause. Darum habe ich die Schwester zu mir genommen: ihr werden sie pünctlich und in allem gehorchen. Fanger, unser wackrer Hausgenosse, hat die Wach. Die Thüren sind vollends alle gesichert worden — und jetzt, störriges Mündelchen, jetzt wollen wir sehen, ob wir das harte Herz nicht erweichen werden. Den zuckersüßen Herrn Brand habe ich nicht die Ehre zu kennen; aber ich will ihn schon kennen lernen; und es müßte mit dem Henker zugehen, wenn ich alsdann nicht Mittel fände, seinen Füßen und seinem Kopfe anderweitig zu schaffen zu machen — Dafür lassen sie den Doctor Wolf sorgen. Auf baldiges Wiedersehen. (Ab.)

Zweyter Auftritt.

Albertine allein.

Eitles Bestreben! Die Strafe meiner Unbesonnenheit kann er mich leiden lassen; aber Liebe und Ehre gebiethen mir, auf das äußerste zu widerstehen. Welcher unglückliche Zufall, daß ihm die Briefe in die Hände gerathen mußten! Nun wird sich mein armer Freund umsonst nach mir umsehen, ängstlich die gewohnten Spaziergänge durchstreifen — könnte ich ihm nur diesen Brief noch zukommen lassen! (Sie zieht einen Brief aus ihrem Busen hervor) So wäre er wenigstens aus der Ungewißheit gerissen! So erführe er doch, was auch ich leide! Ich habe kein Mittel auf Erden -- wohlan, so will ich eines erwarten!

Dritter Auftritt.

Albertine. Docter Wolf. Barbara.

D. Wolf. Auf ihr Zimmer, Albertine!

Albertine (verneigt sich im Abgeben vor seiner Schwester; er folgt ihr mit den Augen, und fängt nicht eher an zu sprechen, als nachdem sie hinaus ist.)

Vierter Auftritt.

Docter Wolf. Barbara.

Barbara (ihr nachsehend.) Ein artig Kind!

D. Wolf. Pah, pah, davon ist nicht die Rede. Du hast mich doch verstanden, Schwester?

Barbara. Ich weiß alles auswendig, Herr Bruder, alles von Wort zu Wort.

D. Wolf. So gut, nicht wahr, wie deine alten Sprüchelchen?

Barbara. Alte Aehren, Herr Bruder, helfen dem Leser durchs Jahr. Thue recht, sage ich immer, und scheue niemand. Wer sich selbst sehen will, der nimmt den Spiegel zur Hand.

D. Wolf. Ich habe dir gesagt, wie das Mädchen gesinnt ist.

Barbara. Nun nun, laß du mich nur sorgen.

D. Wolf. Sie ist fein und listig.

Barbara. Immerhin! Dafür hat man Erfahrung.

D. Wolf. Gegen den Starrkopf thut es Noth, streng zu seyn, daß du mir sie ja unter der Zucht hältst!

Barbara. Ja ja, aber Herr Bruder: alles mit Maßen. Zeit bringt Rosen. Mit der Güte muß man anfangen. Junge Mädchen wollen gehätschelt seyn: mit Wermuth fängt man keine Fliegen.

D. Wolf. Meinetwegen. Wenn du sie nur —

Barbara. Verlaß dich darauf. Ein Wort so gut wie tausend: verlaß dich auf mich.

D. Wolf. Das ganze Gesinde habe ich zu größerer Sicherheit fortgejagt. Mein Schreiber hält seine Ferien zu Hause. Diese Zeit will ich nutzen, um die Heirath zu Stande zu bringen. Und der treue Mensch, auf den du solche Stücke hältst. — (Hier tritt Albertine aus ihrem Zimmer, und bleibt unbemerkt an der Thüre stehen.) Bekommen wir ihn.

Barbara. Ja wohl.

D. Wolf. Du kennst ihn also genau?

Barbara. Ihn und seinen bisherigen Herrn: das ist ein Mann! Und wie der Herr, so der Diener. Der gute Mensch! Es ist ein Stadtkind: zöge der Kommerzienrath nicht von hier weg, nun und nimmermehr ließen sie von einander.

D. Wolf. Nun, ich will ihn miethen. Schreib du nur unverzüglich an die Leute, lieber heute als morgen.

Barbara. Gleich soll es geschehen, Herr Bruder, und morgen haben wir ihn. — Was ich aber sagen wollte: wegen des lieben Mündelchens — wer streicheln will, zieht die Krallen ein. Und nimm mir's nicht übel, in deinen Jahren braucht es Kunstgriffe, wenn man bey einem jungen Mädchen sein Glück machen will. Aber auf Putz, auf hübsche Kleider halten wir alle. Laß es Albertinen nur daran nicht fehlen, ich stehe dir dafür, wir machen sie kirre.

D. Wolf. Oh, an Kleidern hat sie mehr als sie braucht!

Barbara. Das weiß ich besser, Herr Bruder. Was man einmahl im Schranke hängen hat, daran ist der Spaß bald vorbey. Neues will man haben, immer neues, wie's eben die Mode bringt. —

D. Wolf. Lieber gar mein ganzes Geld für Flitterstaat ausgeben!

Barbara. Ey was, du hast Geld genug, und sie hat noch mehr —

D. Wolf. Eitel Geschwätz! Sie sey fromm, häuslich, folgsam, so ist sie geputzt genug.

Barbara. Andere Zeiten, andere Sitten. Ja, hättest du Anno funfzig gefreyt —

D. Wolf. Jungfer Schwester, mach sie mir den Kopf nicht warm. Habe sie ein wachsames Auge auf das Mädchen, dafür ist sie da, und übrigens — Nun, inzwischen will ich es damit auch versuchen. Rede ihr jetzt ein Bißchen zu, ich gehe und rufe ein Paar Kaufleute her —

Barbara. So recht, Bruder, so recht!

D. Wolf (im Umkehren Albertinen erblickend, die sogleich wieder hineinläuft.) Da haben wir's! Stand sie nicht da, und horchte! (Er schließt die Thüre ab, und gibt seiner Schwester den Schlüssel) Hier! Daß du mir den Schlüssel nicht aus der Tasche lassest!

Barbara. Mein Gott, Bruder, laß dir die Grillen nur vergehen: das ist meine Sache.

Fünfter Auftritt.

Die Vorigen. Fanger.

D. Wolf. Ihr auch, Fanger, sorget daß alles wohl verschlossen bleibt.

Fanger. Blitz, Herr Doctor! Wenn eine Maus hinein kommt, so mag mich der nächste arme Teufel, den ich packen soll, auf der Stelle todt prügeln.

D.

D. Wolf. Ihr genießet bey mir Wohnung und Kost; euer Amt habe ich euch verschafft; ihr zieht Jahr aus Jahr ein schon einen hübschen Profit; und wenn ihr gegenwärtig noch für meine Rechnung pfändet, Reputation habt ihr doch einmahl, und werdet euch nach meinem Tode für euch selbst einzurichten wissen —

Fanger. Oho, das glaube ich! da lasse mich der Herr Doctor nur sorgen —

D. Wolf. Nun, so denke ich auch, ihr habt in dieser Sache mein Bestes vor Augen —

Fanger. Wie? Was meinen sie? Ich habe alles herausgebracht, auf ein Haar alles!

D. Wolf. Was?

Fanger. Gelt, Herr Doctor, das hatten sie sich nicht vermuthet? Ich weiß wer der junge Herr ist, ich weiß seine ganze Sippschaft —

D. Wolf. Vivat Fanger! Nun?

Fanger. Er ist — denken sie! der Bruder, leiblicher Bruder, sage ich ihnen, von der Madame Reinbold!

D. Wolf. Wie? Der Mahler, dort in der Mariengasse, gegen den ich einen Befehl habe — der wäre sein Schwager? Morgen wird er gepfändet!

Fanger. Noch heute!

D. Wolf. Unverzüglich. Wir wollen die Leute lehren, einen verliebten Bruder haben —

Fanger (entzückt.) Das Hemde vom Leib verkaufen wir ihnen!

Briefwechsel. B

D. Wolf. Den Befehl weißt du zu finden, geh, lauf, ruf deine Leute. Aha, sie werden nicht lachen, wenn sie von den Gerichtsfrohnen hören, mein theurer Herr Brand! Sorgen sie für ihr Haus, ehe sie das meinige plagen. — Komm, Fanger! (Zu seiner Schwester) Und du, vergiß den Brief nicht, wegen des Burschen. Du bleibst jetzt allein zu Hause — **allein!** Bedenke es wohl —

Barbara. Geh doch nur, Bruder, geh! Wer sich gut bettet, schläft gut. (Er geht mit Fanger ab.)

Sechster Auftritt.

Albertine. Barbara.

Barbara (Albertinens Zimmer aufschließend.) Kommen sie heraus, mein schönes Kind. (Sie verneigen sich gegen einander.) Seyn sie gutes Muthes. Lassen sie sich's nicht leid thun, daß mich der Bruder zu sich genommen hat.

Albertine. Im Gegentheil, ich freue mich —

Barbara. Sehen sie, mein Kind, er mag ihnen wunderlich vorkommen, der Bruder; aber wem die Liebe mitspielt, dem muß man schon etwas zu gute halten. Und mit der Liebe, sagt man, ist es wie mit den Blattern: je später sie kommt, je ärger kommt sie. Er denkt freylich: besser verwahrt als beklagt. Aber lassen sie mich nur machen, auf dem Fuß soll es nicht lange währen.

Albertine. Das gebe der Himmel!

Barbara. Nun nun, beruhigen sie sich einsweilen nur; es wird sich alles fügen, und will's Gott, in der Güte. Jetzt nehmen sie's doch nicht übel, mein zuckersüßes Herzchen, wenn ich in aller Geschwindigkeit einen kleinen Brief schreibe?

Albertine. Machen sie ja keine Umstände.

Barbara. Es hat Eile, sehen sie; aber wie man eine Hand umkehrt, bin ich fertig; vor dem Hause finde ich schon irgend einen Burschen, der den Brief wegträgt, und dann bleibe ich bey meinem englischen Kinde.

Albertine. Sie sind gar zu gütig.

Barbara (setzt sich vor den Schreibtisch, und zieht ihre Brille heraus.) Aha, meine Brille sehen sie an? Ja du lieber Gott, so schön und so gut wie die ihrigen, sind meine kranken Augen freylich nicht mehr!

Albertine. Mademoiselle —

Barbare. Aber vorzeiten, vorzeiten sprach man auch von ihrem Feuer —

Albertine. Das glaube ich gern — (Sich vom Tisch entfernend, beyseite) Wenn ich hier eine Gelegenheit fände! das Herz schlägt mir — (Wieder zu Barbara tretend) Nein wirklich, ohne Brille könnten sie also gar nicht schreiben?

Barbara. Nicht einmahl lesen, denken sie!

Albertine (für sich.) Ah! — (Laut) Guter Gott, doch eine rechte Noth — (Für sich) Nun Liebe, steh mir bey!

Barbara (ihren Brief zusammenlegend.) So! Nun bin ich fertig —

Albertine (für sich.) Muth gefaßt! — (Sich den Tisch nähernd) Mich wundert nur, wie sie mit den Dingern fertig werden.

Barbara. Und was gilt die Wette, ich sehe noch besser durch die Gläser, wie sie mit den bloßen Augen?

Albertine. Nimmermehr — Sie haben aufgehört zu schreiben? O da darf ich ja versuchen? (Sie nimmt die Brille, und hält sie ungeschickt mit einer Hand vor die Augen.)

Barbara. Hahaha! Je nein, Puttchen, nein! Sie müssen sie ordentlich aufsetzen —

Albertine. So? Ist's so recht?

Barbara. Ganz recht.

Albertine (ausrufend, indem sie die Brille zur Erde fallen läßt, daß die Gläser zerbrechen.) Ach um Gottes willen! (Sie hebt die Stücke auf) Ach die Gläser sind zerbrochen! Was habe ich angefangen? Ach Mademoiselle —

Barbara. Es ist nichts, mein Kind. Solche Gläser führt jeder Tabulettkrämer.

Albertine (indem sie gleichsam aus Zorn die Gläser noch stärker zur Erde wirft.) Nein, Schläge möchte ich mir geben!

Barbara. Warum nicht gar! Jedes Alter hat seine Geräthschaft: sie werden auch einmahl mit Brillen umgehen lernen. — Daß ich aber meinen Brief nicht vergesse —

Albertine (sie bey der Hand haltend, in welcher sie den Brief hat.) Ach wie schön das geschrieben ist! O lassen sie mich doch näher sehen. — (Barbara gibt ihr den Brief, statt dessen sie ihr den ihrigen zurückgibt, den die Alte blindlings hinnimmt.) Welche freye, sichere Hand? Nein gewiß, bloß nach dieser Hand müßte man sie schon zwanzig Jahre jünger schätzen als sie sind —

Barbara (entzückt abgehend.) Das herzige Kind!

Siebenter Auftritt.
Albertine allein.

O Schicksal, sey meiner List günstig! — So erfährt er alles! Wie glücklich, daß ich noch einen Augenblick fand, ihm zu melden, das Kaufleute bestellt werden! Vielleicht ersinnt er ein Mittel, um diesen Umstand zu benutzen. Ja, seine Liebe und sein Verstand sind mir Bürge, daß ich von ihm hören werden. Er wird mir, was er litt, was er hofft —

Achter Auftritt.

Albertine. Barbara.

Barbara. Der Brief ist abgegangen. Jetzt, mein Täubchen, laſſen ſie uns von ihren kleinen Drangſalen ſprechen. Die leidige Rabuliſterey hat den Bruder ſo ſchlimm gemacht: mit den Wölfen lernt man freylich heulen. Aber ich ſtehe ihnen dafür, wir wollen ihn in kurzem ſo zahm machen wie ein Lamm. Ich habe ſchon wacker gearbeitet, und wenn ſie wüßten was er jetzt vor hat, ſie würden mir's danken, mein Engelchen.

Albertine. Ach gewiß, wenn er etwas bey mir gewinnen will, ſo muß er mein Herz ſchonen, nicht es zerreißen!

Barbara. Sagte ich's nicht! das ſüße Lämmchen! Nun nun, Schätzchen, ſie laſſen ſich's nicht träumen, was jetzt im Werke iſt. Er kauft ein, für ſie, mein ſchönes Kind, die niedlichſten neumodiſchen Sachen! Ach ich weiß es wohl, Schönheit will glänzen. Gelt, wenn er damit angeſtiegen kommt, er wird ihnen nicht halb ſo alt und wunderlich ſcheinen? Sie lachen? — Ey freylich, ohne mich hätten ſie lange auf ſolche Präſente warten können — Der Bruder iſt ſo knickrig! Ich weiß ein Lied davon zu ſingen — Aber was ich ſagen wollte, man muß das Eiſen ſchmieden, dieweil es warm iſt. Benutzen ſie das hübſch —

Albertine. O ich gebe mir alle Mühe — was bliebe mir denn auch sonst übrig?

Barbara. So recht: das höre ich gern. Und seyn sie ja nicht blöde: wenn sie etwas möchten, wenn ihnen etwas beyfällt, wenden sie sich nur an mich — ich schaffe es ihnen.

Albertine. Auf sie verlasse ich mich auch.

Barbara. Nein nein, das kann ihnen jedermann sagen: ich bin gewiß nicht schlimm.

Albertine. Davon bin ich überzeugt.

Barbara (geheimnißvoll.) Eine Hand wäscht die andere! Der Bruder ist zum alten Junggesellen geworden: das stählt denn das Herz gegen Geschwister und alles. Aber eine junge Frau weiß so ein eisernes Herz zu schmelzen — O wir wollen noch die besten Freunde von der Welt werden! (Weinerlich) Und sie liebes Herzchen, werden doch immer ihrer Freunde bestens gedenken, auf daß es ihnen wohl gehe auf ihre alten Tage? (Wieder mysteriös schwatzhaft) Und eine junge Frau will doch auch ihre Freyheit haben — ihre anständige Freyheit, versteht sich. Nun nun, zwey Köpfe unter eine Haube! da mag sich der H u t nur verstecken — und wenn's gar ein Doctorhut wäre! (Erschrocken, indem sie ihren Bruder hört) St!

Neunter Auftritt.

Die Vorigen. Doctor Wolf.

D. Wolf (an der Thüre.) Oho, den Conferenzen soll schleunigst ein Ende gemacht werden!

Barbara (erschrocken.) Ey, ey! Was gibt es denn, Herr Bruder?

D. Wolf (zornig Hut und Stock weglegend.) Schwarz möchte man sich ärgern! Schleicht das Fäntchen um das Haus herum — Aber ich will dich beschleichen! Bey allen Nachbarn hat der Monsieur Naseweis hereingerochen, hat dieß und das gefragt — was hier getrieben würde? Sind sie in der Stadt? Gehen sie etwa auf's Land? Was haben sie für Leute? Gute oder schlimme? Aber die Mademoiselle ist doch wenigstens nicht krank? Wenn geht der Herr Doctor auf das Rathhaus? Was hat er sonst für Geschäfte in der Stadt? Hat das Haus nicht mehr als einen Eingang? Wird es früh aufgemacht, und legt man sich spät schlafen? Daß dich! Er soll bald ausgefragt haben.

Barbara. Aber, Bruder —

D. Wolf. Mach sie sich fertig, Jungfer Schwester, die Mademoiselle hier in aller Güte nach dem Kloster zu geleiten.

Barbara. Wieder nach ihrem Kloster?

D. Wolf (nachspottend.) Nein, nicht wieder nach i h r e m Kloster. Man ist kein solcher Dummkopf. Es gibt noch andre Klöster — Der junge Herr mag sich ferner im Kundschaften üben, wenn man ihm Zeit dazu läßt. (Sich die Hände reibend) Hahaha! Während das Täubchen im Käfig ist, wird der Tauber seine eigne Noth haben, daß ihm das Fragen vergeht!

Albertine. Sie sind ja wüthend —

D. Wolf. Ich? Das ist purer Spaß. Ein Gelbschnabel will einen alten Practicus überlisten: wer wird der Klügste seyn? — Die Plätze sind auf der Landkutsche bestellt; der Freund, an den ich dir einen Brief mitgebe, Schwester, wird euch weiter befördern, und dann weiß ich jemanden, der das Nachsehen haben wird!

Albertine. Ist es ihnen noch nicht genug, mich hier als Gefangene zu behandeln?

D. Wolf. Seyn sie nur ruhig, mein Engelchen, das soll gar nicht lange währen.

Barbara. Und ich bleibe bey ihnen, mein Täubchen.

D. Wolf. Keinen Widerstand, Mademoiselle. Es soll ihnen dort an nichts fehlen. Zum Beweis wird man ihnen, in einer halben Stunde höchstens, einige Kleidungsstücke bringen, die ich ihnen verehre —

Barbara. Sehen sie, mein schönes Kind, was mein guter Rath genutzt hat?

D. Wolf. Was ich ihr an den Augen absehen kann, soll sie haben — das böse Mädchen!

Albertine. Ein artiges Pfand ihrer sanften Behandlung, mich so wegzuschicken, ohne daß ich nur wissen darf, wohin!

D. Wolf. Vorsicht, mein allerliebstes Mündelchen, nichts als Vorsicht.

Albertine. Und der Himmel weiß, in welche Wüsteney ich verwiesen werde — zu Unbekannten — vielleicht in einer ungesunden Gegend!

D. Wolf. Nein nein, ich stehe für allen Schaden. Sie möchten mir jetzt den Nahmen des Klosters ablocken, aber ersparen sie sich die Mühe.

Albertine. Ich soll den Nahmen nicht erfahren?

D. Wolf. Nein.

Albertine. Nun, das Leben müssen sie mir nehmen, ehe sie mich von hier wegbringen!

D Wolf. Ah — Tragödiensprache!

Albertine. Eine solche Barbarey sollte ich erdulden?

D. Wolf. Barbarey? Je was bilden sie sich ein? Hier in der Stadt haben die bösen Buben mit thörigen Mädchen, die ihr Bestes verkennen möchten, leichteres Spiel: darum sollen sie weg. Weiter ist es nichts — du, Schwester, schnür nur deinen Bündel. Ich schreibe jetzt den Brief -- (Seine Uhr heraus ziehend) Wir haben neun Uhr — um zwölfe, glückliche Reise! (Albertine geht in ihr Zimmer; Doctor Wolf und seine Schwester gehen zur andern Thüre hinaus.)

Zweyter Aufzug.

Erſter Auftritt.

Albertine allein.
Sie tritt aus ihrem Zimmer, und eilt, die Hauptthüre zu unterſuchen, die ſie verſchloſſen findet.

Was fange ich an? Mein Muth iſt dahin — Welche Martern ſtehen mir noch bevor? Hier hatte ich doch nur zwey Wächter; dort warten meiner dreyßig, die mich die Qualen ihrer eignen Gefangenſchaft entgelten laſſen werden — Klätſcherey, Verrath, Langeweile, Bosheit: alles wird dort gegen mich verſchworen ſeyn, und mich nicht ruhen laſſen, ſelbſt wenn ich aus Verzweiflung ruhen wollte — Ach wie kann die Nachricht von dieſen neuen Leiden zu meinem Freund gelangen? (Einen Brief aus der Taſche ziehend) Du armes, trauriges Blättchen — In dieſen Paar Stunden? Es wird nicht gehen — es wird nicht gehen? Das Herz bricht mir! — O Liebe, nur zu dieser, nur zu dieser Bothschaft noch verleihe deinen Beystand!

Zweyter Auftritt.

Albertine. Barbara.

Barbara. So Liebchen, so! Eingepackt wäre nun. Ich warte nur auf die Geschenke, die der Bruder —

Albertine. Er soll sie behalten!

Barbara. Beyleibe nicht, mein Kind. Das weiß ich besser. Wenn man jung ist, denkt man, alles währt ewig, Freude und Leid. Nein nein, das Leid geht vorbey wie die Freude, und man muß den Trost nicht wegwerfen —

Albertine. Lassen sie mich mit ihrem schändlichen Trost.

Barbara. Da haben wir's! Aergert sich da das junge Blut über diese Reise —

Albertine. Das Herz durchbohrt sie mir!

Barbara. Aber mein Engelchen, bedenken sie doch nur, daß ich ihnen dort weit mehr Freyheit lassen kann, als bey uns, unter des Bruders Augen —

Albertine. Und diesen Mittag schon soll ich fort?

Barbara. Wir reisen ja zusammen, Kind —

Albertine. Ich bitte sie, ich beschwöre sie, wenden sie allen ihren Einfluß an, damit es nur heute nicht geschieht.

Barbara. Geht nicht, Herzchen, geht nicht. Der Bruder hat seinen Kopf darauf gesetzt —.

Albertine. Bis morgen aber, nur bis morgen —

Barbara. Nein, nein. Der Bruder denkt: in einem Tag kann viel geschehen!

Albertine. Nun, — ich bin krank.

Barbara. Wie? im Ernst? — Sieh wie fein! Ey mein Kind, was so schleunig käme, das könnte gefährlich werden. Da müßten sie sich zu Bett legen, da müßten wir den Arzt kommen lassen. Nun, wir wollen schon für sie sorgen, der Bruder und ich. Nicht von der Seite wollen wir ihnen gehen —

Albertine. Nein — nein! Ich befinde mich wohl — Welches grausame Schicksal!

Barbara. Ey nicht doch! (Vertraulich zu ihr tretend) Wozu jetzt kein Rath ist, dazu kann noch Rath werden. Geben sie nur recht bald ihr Jawort —

Albertine. Lassen sie mich!

Dritter Auftritt.

Die Vorigen. Doctor Wolf.

D. Wolf. Sie sind da, die Kaufleute, die ich bestellt hatte. Sie sind mir nachgelaufen, wie ich eben in's Haus trat. Eine Menge Zeugs haben sie mit. Was verstehe ich davon? Geh du Schwester, und suche etwas aus — so, du weißt wohl, etwas bescheidnes. —

Barbara (äußerst eifrig.) Ja ja gleich! (Zu Albertinen) Lassen sie mich nur machen, mein Engelchen.

D. Wolf. Nur ja nichts von der verdammten, vergänglichen Modeware.

Barbara. Ey Bruder, was deines Amtes nicht ist — ich werde ja wohl einzukaufen wissen! (Ab.)

Vierter Auftritt.

Doctor Wolf. Albertine.

D. Wolf. Da sehen sie's, kleine Undankbare! Wo ich ihnen etwas zu Liebe thun kann, bin ich immer bereit.

Albertine (heuchlerisch.) Ach wie kann ich an ihre Zärtlichkeit glauben? Was man liebt, hat man gern in seiner Nähe. Ihr Eifer, mich zu schmücken, hätte mich bald von der Aufrichtigkeit ihrer Gefühle überzeugt — und im nähmlichen Augenblick schicken sie mich weg! Ich weiß nicht mehr was ich denken soll —

D. Wolf. Nur dieß Mahl, mein goldnes Tinchen, nur dieß Mahl verzeih mir. In Zukunft sollst du immer ein gefälliges Männchen an mir finden —

Albertine (sich verstellt die Augen trocknend.) Wir Mädchen sind doch recht zu beklagen! Eitel sind wir einmahl — Sie Schalk haben das wohl auszufinden gewußt. Mit ihrem Geschenk wollten sie mein unverwahrtes Herz überlisten. Ich albernes Ding sah mich schon im Geiste mit meinen neuen Kleidern — ich besann mich schon, was für ein Gesicht ich gegen sie machen sollte — Aber es ist gut! Sie schicken mich weg; sie mögen mich gar nicht sehen, wenn ich mich das erste Mahl damit putze — Gehen sie! Es soll ihnen nichts geholfen haben, daß sie mir so meine schwache Seite ablauerten. Ein ander Mahl werde ich meine Vernunft besser zusammennehmen.

D. Wolf. He he he! Was das für ein lieber Zorn ist! — Sieh, wenn ich nur ein anderes Mittel wüßte, dich vor dem Bürschchen in Sicherheit zu bringen —

Albertine. Nun ja, da habe ich doch wieder zu viel geplaudert! Ich sehe es ihrer zufriednen Miene wohl an — Ach ich bin freylich nur ein einfältiges, junges Mädchen! Aber lassen sie mir

Zeit, daß ich mich besinnen kann — sie werden sehen — ja ja, sie werden sehen —

D. Wolf (entzückt ihre Hand ergreifend.) Was, Liebchen? Was werde ich sehen? — (Es wird stark geklingelt) Geht zum Teufel! Ist das schon meine Schwester, die auf die Weise klingelt?

(Er geht hinaus.)

Fünfter Auftritt.

Albertine allein.

Immer, immer ist er vor der Thüre! Aller Zugang ist versperrt. Es kann mir kein Bothe ein freundlich Wörtchen bringen — Ich sollte verzweifeln, und doch weiß ich nicht warum ich Trost ahnde! Ach ich mag sinnen wie ich will! da ist keine Hülfe — Hätte er nur diesen Brief! Er fände sicher welche — Da ist mein Verfolger schon wieder! (Sie verbirgt ihren Brief.)

Sechster Auftritt.

Albertine. Doctor Wolf.

D. Wolf (voll Eifer mit zwey Stücken Zeugs zurückkehrend. So wie er sich umwendet, sieht man an einem seiner Rockschöße ein Päckchen Papier hängen, das mit einem Nadelhacken befestigt ist; er breitet seine Zeuge auf dem Tische aus, und wendet den Zuschauern halb den Rücken zu.) Hier Liebchen, sieh
ein-

einmahl die wunderschönen Sachen. Such dir selbst aus, nach deines Herzens Gelüsten.

Albertine (bey Seite ausrufend.) Himmel, was erblicke ich! Das hat er gethan! O gesegnete List — (Laut, indem sie sich nähert, um mit dem einem Auge die Zeuge, und mit dem andern das Papier zu betrachten) Die Zeuge sind allerliebst — ich wüßte mir nichts schöneres zu wünschen.

D. Wolf. Das glaube ich! Da könnte man alle Läden in der ganzen Stadt durchsuchen, und etwas so feines fände man nicht wieder. Und überall einerley — ich habe die ganzen Stücke auseinander gemacht. Denn ich traue den Herren Kaufleuten sonst nicht über den Weg, ehe sie mich aber prellen! —

Albertine (die sich immer näher bey ihm stellt, und den Augenblick erspäht, wo sie das Papier habhaft werden kann.) Ach das fällt in die Augen! Nur ein wenig zu viel — (Hier ergreift sie das Papier) Ich habe immer das Simple geliebt —

D. Wolf. Freylich, freylich! Das lobe ich mir auch; inzwischen sollte ich doch meinen —

Albertine (mit einer Hand auf der Seite das Papier aus einander machend, und nach einem verstohlen hingeworfenen Blicke ausrufend.) Es ist von ihm!

D. Wolf. Was sagst du?

Albertine. Allerliebst! — Aber ich komme gar zu wenig aus, ich weiß nicht was man jetzt trägt, und wie ich wählen soll. — Und dann —

Briefwechsel. C

bey Geschenken von guten Freunden, was verschlägt da eine Farbe vor der andern?

D. Wolf. Ey freylich, freylich, mein Goldchen! Aber wählen kann man immer, ohne wem weh zu thun.

Albertine. Nun — wissen sie was? Lassen sie den Kaufmann entscheiden; sagen sie ihm, was er gebracht hätte, hätte mir das größte Vergnügen gemacht; er möchte mir aber aus der Verlegenheit helfen, und seinen Rath geben, ob ich das Schwarze oder Grüne wählen sollte; auf ihn würde ich mich verlassen —

D. Wolf (den Galanten machend.) Wort für Wort werde ich ihm das ausrichten, meine Theuerste. (Ab.)

Siebenter Auftritt.

Albertine allein.

(Nachdem sie dem Alten mit den Augen nachgefolgt ist, öffnet sie vollends ihren Brief, und liest mit freudiger Hast.) „Ich habe Ihren Brief erhal„ten; keine Ruhe für mich, bis ich Sie gespro„chen habe. Ich habe Ihre Aufseherinn heraus„gelockt, und halte sie außer dem Hause auf. „Ich benutze den Augenblick, wo ich Sie mit „Ihrem Vormund allein weiß. Es ist mir ge„lungen, auszuspähen, welche Kaufleute er be„stellt hat. Ich habe zwey Diener bestochen, und

„bin statt ihrer hergekommen, aber möglichst ver-
„mummt, ob mich gleich der Doctor nie gesehen
„hat; es ist besser daß ihm meine Person ganz
„unbekannt bleibe, Falls ich es in der Folge nö-
„thig fände, ihn zu beobachten, und ihm nach-
„zugehen. Bezeichnen Sie mir genau die Thüre
„ihres Zimmers; schicken Sie mir einen Abdruck
„vom Schlüssel auf dem weichen Wachs, das
„ich auf das beyliegende Blatt geklebt habe."
(Sie betrachtet das abgesonderte Blatt mit dem weichen Wachs) „Sie brauchen sich jetzt nicht zu über-
„eilen; ich halte Ihren Vormund auf. Machen
„Sie irgend einen Lärm, wenn Sie fertig sind:
„lassen Sie etwas fallen. Ewige treue Liebe!"
— Ja ewig treu! O mein Freund, nie kann
ich dir beine sinnreiche Zärtlichkeit genug lohnen!
So nahe bist du mir, und kannst nicht zu mir
fliegen? — Daß ich aber die Zeit nicht verlie-
re! An's Werk — (Sie zieht den Schlüssel aus ihrer Thüre, und drückt ihn ab) So! Und nun ein
Wort noch an den Geliebten — (Sie schreibt
knieend vor dem Tisch, und wiederhohlt laut was sie
schreibt) „Im großen Saal ist die Thüre meines
„Zimmers — am Schloß ein großer Dintenfleck —
„Vergessen Sie nicht, daß ich in einer Stunde
„abreisen will. Kann ich das Unglück nicht ab-
„wenden, so will ich doch mein Möglichstes thun,
„um meinen Vormund entfernt zu halten — Mei-
„ne Aufseherinn ist unbestechlich, aber leicht zu
„hintergehen, eitel, schmeichlerisch: mit den blo-

„ßen Augen sieht sie gar nicht — Besinnen Sie
„sich, ob wir nicht zusammen etwas mit ihr an-
„fangen können — Von hier bis zur Landkutsche,
„und auf dem ganzen Wege, werde ich auf der
„Lauer seyn — Adieu. Gedenken sie meiner —
„Ewige treue Liebe!" — (Indem sie ihr Päck=
chen zusammenlegt) Wo habe ich eine Nadel?
(Sie nimmt eine Haarnadel von ihrem Kopf, und heftet
das Päuchen daran) So? — Bin ich fertig?
Nun — (Sie wirft einen Tisch um, und hält das
Päckchen unter ihrer Schürze verborgen) Er wird mich
gehört haben! — Ich zittre vor Liebe, vor Hoffnung und Angst — Mein Vormund? Komm mir
zu Hülfe, Verstellung!

Achter Auftritt.

Albertine. Doctor Wolf.

D. Wolf. Was ist das für ein Lärm, Albertine?

Albertine. Ich ging an diesem Tisch vorbey,
und warf ihn mit meinen Kleidern um —

D. Wolf (mit dummer vergnügter Zuversicht.)
Grün, meint der Kaufmann — He he he! Es
wäre die Farbe der Hoffnung, sagte er —

Albertine. Ach sie sind gar zu gütig, sich meinetwegen so viele Mühe zu geben — Ich behalte also das Grüne, und das andere bringen sie
ihm wieder — (Indem der Doctor an den Tisch

gebt, um das Stück zusammen zu legen, folgt sie ihm, und macht sich mit verstellter Freundlichkeit allerhand dabey zu schaffen) Hier! Die Falte muß heraus. Die Leute sind manch Mahl wunderlich; ich wollte um vieles nicht, daß sie noch Verdruß hätten — Dieß ist doch kein Fleck, der bey uns darauf gekommen ist? — Nein, es schimmert nur — (Hier hat sie ihm das Päckchen angeheftet) Ach in meinem Leben hat mir nichts eine solche Freude gemacht!

D. Wolf. Nun Täubchen, nun, es ist gern geschehen — (Indem er ihr ungeschickt die Hand küßt) Ich rechne dafür ein Gegengeschenk! — (Bey Seite im Abgehen) Ja ja, die liebe Eitelkeit! Schwester Barbara hatte wohl Recht —

Neunter Auftritt.

Albertine allein.

(Nachdem sie ihm mit den Augen nachgefolgt ist.) Nun begreife ich recht gut, wie man ohne Mitleiden und ohne Bedenken einen boshaften Dummkopf betriegen kann! — Jetzt aber gäbe ich mich nicht zufrieden, wenn die Reise nicht vor sich ginge. Mein Freund ist unterrichtet, und mir ist es, als müßten sich braußen im Freyen am ersten Mittel finden, meine Ketten zu zerbrechen — Jetzt gilt es also, zu verhindern, daß unser alter Geck nicht etwa seinen Sinn ändert.

Zehnter Auftritt.

Albertine. Doctor Wolf.

D. Wolf. Da bin ich wieder Weibchen, da bin ich wieder! Der Handel ist geschlossen —

Albertine. Ich habe es ihnen immer gesagt, daß man mit guten Worten alles bey mir ausrichten könnte. Nun bin ich auch bereit, noch heute abzureisen; sie müssen mir aber versprechen, daß sie mich bald wieder zu sich rufen werden.

D. Wolf. Ey freylich! das ist meine Meinung —

Albertine. Meine Liebe zu ersticken, das kann ich ihnen nicht versprechen — nein, so unbeständig bin ich nicht! Aber ich will versuchen, ihnen Gehorsam zu leisten — in allen Stücken — so weit es in meiner Macht stehen wird!

D. Wolf. Nun sey nur ruhig — du bringst mich vor Freude von Sinnen! — Das wird sich alles geben — bald, bald! Ich behielte dich gern hier, mein Täubchen; mir thut es selbst in der Seele weh, dich gehen zu lassen — Ja, wenn du dir den jungen Menschen aus dem Sinne schlagen könntest, der doch nur damit umgeht, dich zu berücken! Aber das kann ich dir nicht bergen: ich würde wachsamer seyn als jemahls; du müßtest mir nicht gram werden, wenn ich dich sechs bis acht Wochen lang nicht aus dem Hause, nicht aus den Augen ließe —

Albertine. Ich weiß, daß sie es gut mit mir meinen. Aber ich habe ein treues Herz, daß keinen Arg kennt: schmeicheln sie sich nicht, daß ich meinen Geliebten vergäße. Sie sagen, er gehe damit um, mich zu berücken?

D. Wolf. Nicht anders! Du sollst es in kurzem selbst erkennen —

Albertine. Nein nein, glauben sie das nicht. Er ist mir treu, und es gibt keine List, keine Thorheit, deren er nicht fähig wäre, um in mein Gefängniß zu dringen. O! das ist gewiß wahr! Sie machen sich keinen Begriff, wie weit er es treiben könnte —

D. Wolf. Ey, ey? wenn das so ist, mein Engelchen, da mußt du freylich reisen, und je eher, je lieber. Du siehst doch selbst —

Albertine. Ach ich sehe freylich wohl, daß wir bey den Männern immer den kürzern ziehen! Alle unsre Worte schlagen wider uns selbst aus, und wir mögen es machen wie wir wollen, mit euch verfangen wir uns immer.

D. Wolf (sich auf seine Feinheit zu gute thuend.) Pah, ganz und gar nicht — Du lachst Schelm?

Eilfter Auftritt.

Die Vorigen. Barbara.

D. Wolf. Bist du endlich da, Schwester? Daß ihr mir ja die Landkutsche nicht versäumt! Es ist hohe Zeit —

Barbara. Nimm's nicht übel, Bruder. Das sind gar zu hübsche, gefällige Leute, in dem Wernerischen Laden! Die Augen thun mir weh davon, so prächtige Sachen haben sie mir gezeigt — (Zu Albertinen) Warten sie nur, mein Engelchen, sie sollen ihre Freude haben —

D. Wolf. Wir haben schon, was wir brauchen —

Barbara. Wie?

D. Wolf. Frisch, frisch! Laß das Geschwätz. Wenn ihr in der Eile was vergessen solltet, ich schicke es euch nach. Da kommt Fanger, mit dem ich zu reden habe. Gehet, gehet.

(Albertine und Barbara gehen ab.)

Zwölfter Auftritt.

Doctor Wolf. Fanger.

Fanger (einen Actenstoß in der Hand, aus dem Register ablesend.) Urtheil, Numero eins: Meister Jacob Harnisch, et caetera — Numero zwey: Peter Elias Eisenbart — die legen wir unmaßgeblich beySeite, und bleiben vor der Hand bey Numero drey: Felix Reinbold! Es ist eine Lumperey von hundert Ducaten, aber er hat sie nicht, und könnte von Haus zu Haus laufen, ohne einen Häller zu finden. Sein Schwager, der junge Herr Brand quaestionis, hat wohl etwas Vermögen, aber wenig: bar treibt er das nicht gleich auf. Die Frau Schwester wird nicht ermangeln, zu ihm zu laufen: da bekommt er alle Hände voll zu thun, und läßt die hübschen Mädchen in Ruhe. Lassen sie sich sagen, Herr Doctor, das trifft sich zum wahren Glücke! Die Krämersfrau in der Ecke hat mirs eben gesteckt: beständig recognoscirt er hier herum. Die Sache hat Eile; die Expeditionen sind alle fertig, unterm gestrigen Dato die Häscher bestellt — alle Wetter! Hätten wir das Ding gewußt, wir konnten ein Urtheil auf leibliche Haft haben —

D. Wolf. Freylich, freylich! Nun nun, die Pfändung ist auch nicht übel — Rasch an's Werk, Fanger, mach brav Aufsehen, und keine Gnade— (Geheimnißvoll und sich freudig die Hände reibend) Holla Fanger! Laß erst geschwind einen Miethwagen kommen — Merkst du was? Der Vogel soll in den Käfig. Ich schicke Albertinen nach einem Kloster—

Fanger. Bene!

D. Wolf. Daß es aber keinem Menschen zu Ohren komme!

Fanger. Blitz!

D. Wolf. Außer dem Hause läßt sich's niemand einfallen. Während der Liebhaber recognoscirt, befindet sich Mamsell unter Wegs — und in vier Wochen heißt sie Frau Doctorinn, oder ich heiße ein Pinsel.

Fanger. Oho, ich bestelle morgendes Tages das Kornen!

(Sie gehen zusammen ab.)

Dritter Aufzug.

Der Schauplatz stellt Reinbolds Zimmer vor: ein Bett im Hintergrund, aufgestellte Kisten auf den Seiten, alles Zubehör einer Mahlerwerkstatt mit den Hausgeräthschaften durch einander; Gypsabgüsse, Skizzen, Gemählde, Staffeleyen; im Vordergrunde, zur Rechten des Schauspielers, eine große Staffeley mit einem Gemählde, das den Tod des Göz von Berlichingen vorstellt; rechts und links, auf der Erde und an den Wänden, liegen oder hängen verschiedene Panzer, Helme, Lanzen, Speere, Schilde, eiserne Handschuhe, u. s. w.

Erster Auftritt.

Reinbold auf einem Stuhl stehend, und an dem großen Gemählde arbeitend. Madame Reinbold.*)

Mad. Reinbold (die Copie des Urtheils in der Hand, nach einigem stummen Spiel, durch welches sie ihren Kummer über das Urtheil, nebst ihrer Ungeduld über die Sorglosigkeit ihres Mannes ausdrückt.) ----

---

*) Es ist hoffentlich eine unnöthige Erinnerung, daß Reinbold und seine Frau j u n g sind, und daß diese Rollen schlechterdings nur e d e l komisch gespielt werden müssen.

Aber so laß doch nur einmahl deine Farben, und sag, was wir anfangen sollen? Wie machen wir's, ich bitte dich?

Reinbold (verzuckt.) Still, Frau, still! Das ist nun schon das zehnte Mahl, daß ich über deine albernen Einfälle an Lersens Bart etwas verpfusche —

Mad. Reinbold. Schade für den Bart! Mit jedem Augenblick können die Häscher kommen, und auf mein Bett und auf deine Ritter Beschlag legen.

Reinbold. Beschlag legen!

Mad. Reinbold. Ja freylich.

Reinbold. Pfui doch!

Mad. Reinbold. Sieh dieß Papier.

Reinbold. Ich habs gelesen.

Mad. Reinbold. Morgen spätestens wird die Werkstatt geplündert.

Reinbold. Respect für die Künste, Frau, oder du machst mir den Kopf warm. Wurde jemahls Rembrand oder Correggio gepfändet? Wisse, daß der Mahler bey seiner Staffeley, ein Heer von Gerichtsdienern nicht fürchtet. — An die Werkzeuge des Künstlers unterstünden sie sich, Hand zu legen? Bey den Göttern, so — O ich weiß, was für Mißbräuche getrieben werden, ich weiß, daß überall List und Bosheit herrschen — (Er steigt von seinem Stuhl herunter) Aber so weit ist es mit dem Frevel nicht gediehen, daß eine gemeine Hand,

„um etwas Laufegold,"
mir Gözens Tod entreißen dürfte!

Mad. Reinbold. Wohl. Du behältst deinen
Göz, und mir wird mein Bett genommen.

Reinbold. Ah, davon spreche ich nicht; das
ist möglich.

Mad. Reinbold. Welcher Kopf! Aber sag
mir, Felix, kannst du so ruhig bleiben?

Reinbold. Was soll ich denn thun?

Mad. Reinbold. So geh doch, lauf, renn
durch die ganze Stadt. Such Freunde auf, borg
Geld. In einem so bringenden Fall spricht man
mit dem Procurator —

Reinbold. Ich mit so einem Kerl sprechen?
das Rabulistengeschwätz anhören? In diesem Au=
genblick der Begeisterung sollte ich meinen Kopf
mit elenden Lumpereyen anfüllen, die auf Tage,
auf Wochen, auf Monathe meinen Genius ban=
nen würden? — Nein Frau, alles was du willst,
aber das geht nicht.

Mad. Reinbold. Nun so greif zum andern
Mittel: geh zu deinen Freunden, laß dir Geld
vorschießen.

Reinbold. Pfui! Meine Freunde haben kein
Geld.

Mad. Reinbold. Sehr wohl. Und was sol=
len wir den Gerichtsdienern sagen?

Reinbold. Daß sie warten sollen.

Mad. Reinbold. Worauf?

Reinbold. Bis ich mit Gözens Tod fertig bin.

Mad. Reinbold. Lieber Himmel!

Reinbold. Pah, eins oder das andere: wenn sie nicht warten wollen, so gehen sie ihrer Wege.

Mad. Reinbold. Ueber deine Kaltblütigkeit! Aber das kommt auch bey deiner Gattung heraus: sie bringt was rechts ein! Wenn du von der ablassen wolltest, wir könnten uns doch eher helfen. Laß dich erbitten, leg dich endlich einmahl auf Porträts. Deine Griechen und Italiener laufen dir ja nicht davon, und einsweilen regnet's Geld. Sieh nur einmahl den Schmierer, für den du die Hände mahlst, zu einem Thaler das Paar, die Arme ungerechnet, sieh ihn an! Er ist wohlhabend, immer sauber gekleidet, trägt seinen Ring am Finger —

Reinbold. Geh! Nicht zu meinem Bedienten möchte ich den dummen Teufel —

Mad. Reinbold (außer sich.) Unglücklicher, hättest du doch nur einen, einen Bedienten! Mahl doch um Gotteswillen, mahl unsre Bürgersleute, mahl den Teufel, wenn es seyn soll, und verdiene Geld! was ists denn weiter? Du gibst den Einfältigen Verstand, den Häßlichen Schönheit, der Veralteten Jugend, und lebst von der Eitelkeit aller. Leben muß man ja doch: was hätte man denn davon, es mit der Gattung so genau zu nehmen? Wer seine Fraze bezahlen will, er komme zu Fuß, er komme zu Wagen, dem stehst du zu Diensten. Man läßt im Nothfall seinen Fleischer, seine Hausleute, den Krämer aus dem nächsten Laden sitzen!

Reinbold (wüthend.) Alle Teufel, Madame, danken sie der Liebe eines Gatten, wenn sie diese Schmach nicht büßen! Wie? Diese edeln Pinsel, getränkt mit dem Geiste, mit dem Blute der Helden — sie sollten sich jemahls erniedrigen, die Grimassen, den Firniß einer feilen Dirne nachzubilden? Diese nähmlichen Farben, von denen die Stirne des zürnenden Achillis entglühte, sollte ich an das leere Gesicht des ersten besten Gecken wegwerfen? Ich, Porträts? — Sieh, Lottchen, sieh, nicht einmahl deines mochte ich je mahlen, und du bist mir werth! Dein guter Geist bewahre dich, mir jemahls wieder mit solchem treulosem Rath zu kommen. Lerne, Weib, lerne, daß die abconterfeiten Gesichter von tausend feisten Narren, sich vor einer einzigen Musik des Schlangentödters Apollo verstecken müssen — (Er ahmt die Stellung des Apollo vom Belvedere nach, und fährt sodann gutherzig freundlich fort) Nun laß gut seyn, Lottchen. Ich vergebe dir. Komm, wir sind gute Freunde. Ich will auch ausgehen — ich gehe, du dauerst mich.

Mad. Reinbold (in währendem Reden gibt sie ihm seine Halskrause um, macht sich an seinem Anzug zu schaffen, indeß er beständig zu entlaufen sucht, um an sein Gemählde zu gehen; er benutzt jeden Augenblick, wo sie ihn los läßt, und zeichnet mit dem Stift irgend etwas an den Umrissen der unvollendeten Figuren.) Das ist doch ein Wort! Höre — mir fällt etwas ein. Suche Brand zu sprechen. Wenn er Geld hat, so hilft er uns gewiß aus: er ist ein so guter Bruder! Wenn er nur eben bey Cässe ist! Der Wechsel beträgt hundert Ducaten — auf allen Fall wird er diese aufzutreiben wissen — Was meinst du? Ich fürchte nur daß er nicht in der Stadt ist — (Sie hohlt seinen Rock) Nun — zieh doch den Rock an! Seit acht Tagen sahen wir ihn nicht zu Haus — (Sie setzt ihm den Hut auf, und reicht ihm den Stock) Unsre ehrliche Nachbarinn, die Walther, hat mir versprochen, Achtung zu geben, ob die Gerichtsdiener etwa ums Haus herumschleichen, dann schlöße ich die Thüre ab — Wie? denkst du nicht auch? — Wo läufst du hin?

Reinbold (bey seinem Gemählde die Palette aufnehmend und mahlend.) St! — Gleich! St! — Siehst du hier? den Zug im Auge? — das ist der Tod! Siehst du? (Gözens letzte Worte declamirend) „Himmlische Luft! Freyheit! Freyheit!"

Mad. Reinbold. Der Himmel segne dich! — Nun gehst du auch, nicht wahr? — Halt — dein Hut ist staubig. (Sie hohlt die Bürste und kehrt den Hut aus) Hier — denke hübsch, daß die Gerichte früh aufstehen. Du mußt zusehen, wie du vor Nachts Rath schaffen kannst. Laß dich ja keine Schritte dauern — hörst du, Männchen? Vergiß auch die fremde Dame nicht — Ob etwa—

Rein-

Reinbold (bleibt im Abgehen noch einen Augenblick entzückt vor seinem Gemählde stehen.)

Mad. Reinbold (an die Thüre gehend die sie offen läßt, und hinausrufend.) Hauptsächlich aber der Bruder — hörst du? der Bruder! — Gottlob! fort wäre er! Wenn er nur mit den hundert Ducaten wieder kommt — Ach, wüßte er's nur anzufangen, er fände Geld genug und ohne Mühe. Aber seine Kunst und sein Stolz stecken ihm so im Kopf — Schade um die gute treue Seele! — Gott! Ich höre Lärm — Es wird ärger! Wer kann so die Treppe heraufstürmen? Ach, das werden sie seyn — (Sie läuft zur Thüre, schließt sie ab, und lehnt sich daran) Ich kann nicht mehr — Gilt es uns? — da — man bleibt stehen! (Es wird geklopft) Ach!

Zweyter Auftritt.

Madame Reinbold. Brand.

Brand (von außen.) Schwester! bist du nicht da, Schwester?

Mad. Reinbold (wieder auflebend.) Ach, es ist der Bruder! (Sie öffnet die Thüre.)

Brand (hereintretend.) Was hast du denn, Charlotte?

Mad. Reinbold (sich niedersetzend.) Ich zittre. Ich glaubte, daß viele Männer auf einmahl her-

Briefwechsel.   D

aufkämen — (Aufstehend) Bist du meinem Manne nicht begegnet? Er sucht dich —

Brand. Nein. Was will er?

Mad. Reinbold. Ach, wenn du wüßtest! Morgen werden wir gepfändet, wegen eines fälligen Wechsels von hundert Ducaten. Ich habe keine zehn mehr im Vermögen. Ich hatte Reinbold gesagt, er sollte dich aufsuchen, und mit dir sprechen; ich ließ ihn hoffen, du würdest uns helfen können.

Brand. Freylich! Seyd unbesorgt. Diesen Abend, ganz zuverläßig, sollt ihr haben, was ihr braucht — Nun Charlotte, höre aber auch mein Anliegen — nie gab es ein bringenderes! Willst du deinen Bruder, willst du der treuesten Liebe und dem liebenswürdigsten Gegenstand einen unschätzbaren Dienst erzeigen?

Mad. Reinbold. Ob ich will? Ich liebe dich wie mich selbst! Was soll ich thun? Alles, was ich vermag —

Brand. Denke dir meine Verlegenheit. Ich liebe ein Mädchen, voll Geist, voll Reitze, voll Güte. Sie hat als Kind ihre Aeltern verloren, und steht seit vielen Jahren schon, unter dem Druck eines harten, eigennützigen Vormunds, dem es nach ihrer Hand, besonders aber nach ihrem Vermögen gelüstet. Er behandelt sie auf die ungerechteste, abscheulichste Weise; ich war so glücklich, ihr Herz zu rühren; wir lieben uns: ich habe geschworen sie zu retten — Kurz, das

Schicksal hat meine Bemühungen gekrönt. Eben ist es mir gelungen, sie ihrem Tyrannen zu entreißen! wenn du ihr aber eine Zuflucht versagst, so weiß ich nicht, wem ich, bis zu unserer Vermählung, dieses kostbare Pfand anvertrauen könnte —

Mad. Reinbold. O laß sie geschwind kommen! Wo ist sie geblieben?

Brand. Vor der Hausthüre im Wagen.

Mad. Reinbold. Nun so eile ich —

Brand. Nein. Ich hohle sie. Warte einen Augenblick. (Er geht voll Eifer hinaus.)

Dritter Auftritt.

Madame Reinbold allein.

Welche glückliche Fügung! In dem nähmlichen Augenblick, wo ich seiner Freundschaft bedarf, sie ihm wettmachen zu können! Nein! Nie, nie will ich wieder der Vorsehung mißtrauen —

Vierter Auftritt.

Madame Reinbold. Brand. Albertine.

Brand. Sie sind bey meiner Schwester; fürchten sie nichts, meine Albertine; beruhigen sie sich — (Er führt sie zu einem Stuhl) Das ist sie, die geliebte Waise, die bis diesen Tag so viel

D 2

leiden mußte, der ich ewige Treue geschworen habe —

Mad. Reinbold. Ein solcher Gegenstand würde auch das unbeständigste Herz fesseln! Wie es ihrer würdig wäre, kann ich sie freylich hier nicht empfangen, Mademoiselle: wollen sie aber mit Herzlichkeit vorlieb nehmen —

Albertine (sehr beklemmt.) Ach, Madame, ich schätze mich allzu glücklich —

Mad. Reinbold. Sie zittert noch über und über! — Mein Bruder ist ein redlicher Mann, er liebt sie, und ihr Glück wird ihre bisherige Leiden überwiegen.

Brand. Ja, ich schwöre es —

Albertine (zärtlich.) Ach ich zweifelte nie daran!

Mad. Reinbold. Bist du aber sicher, lieber Bruder? Und durch welche List? —

Brand. Sey ohne Furcht. Mag der Elende wüthen: für uns streitet Liebe, Geheimniß, Ehre, ja im Nothfall selbst das Gesetz. Ich werde dir einmahl weitläuftiger erzählen, durch welche Kunstgriffe wir uns sprachen, Briefe zusammen wechselten, unsre Abreden trafen, während meine Albertine in ihres Vormunds Haus wie eine Gefangene gehalten wurde. Aber unser Briefwechsel war entdeckt, und alle Hoffnung erloschen, ihr Tyrann wollte sie heimlich nach einem entfernten Kloster schicken. Seine Schwester sollte sie bewachen und begleiten. Doch ich war unterrichtet. Ich stehe in der Nähe des Hauses auf der Lauer, ich sehe den Wagen ankommen, der Albertinen bis zur Landkutsche fahren soll. Sogleich setze ich mich ebenfalls in einen Wagen, beym Postamt halte ich, bis ich jenen erscheinen sehe: ich mache mich bereit; man öffnet einen Schlag; mit glücklicher Langsamkeit sucht die Alte ihren Schwung zu nehmen, tappt und lehnt sich, bald mit der einen, bald mit der andern Hand, rechts und links; ich indessen öffne etwas behender den andern Schlag, reiche Albertinen die Hand, und noch hat die Alte den Fuß nicht auf das Pflaster gesetzt, so sitzt Albertine schon bey mir in meinem Wagen. Ich hatte kaum Zeit, es noch mit anzusehen, wie jene endlich aufrecht stand, und mit den Augen suchte, und niemanden fand. Ehe sie sich aber besonnen, und geklagt und geschrieen hat, waren wir ganz gewiß schon geborgen, und drey Quergäßchen zwischen allen Verfolgern und uns, hatten uns vor jeder Nachstellung gesichert.

Mad. Reinbold (lachend.) Den Auftritt möchte ich sehen, wenn die Alte dem Vormund ihr Leid klagt!

Brand. Der Elende! Selbst der Verdruß, den er heute empfindet, kann die Qualen noch nicht abbüßen, die er auf dieses liebe Mädchen gehäufet hat. Mit Vergnügen sähe ich diesen Wolf—

Mad. Reinbold. Wolf? Wolf? Das ist doch sein Nahme nicht?

Brand. Ja wohl. Kennst du den Doctor Wolf?

Mad. Reinbold. Ach nur zu gut — der Unbarmherzige! Ich kenne ihn und seinen würdigen Gehülfen, den Gerichtsdiener Fanger. Er ist es, der uns verfolgt —

Albertine (auffstehend.) Um des Himmelswillen, mein Vormund und Fanger?

Mad. Reinbold. Morgen, Bruder, vor Tagesanbruch, müßte ich gewärtig seyn, sie hier zu sehen —

Albertine. Gott!

Brand. Noch ist es Zeit. Ich eile, das Geld zu hohlen; in einer halben Stunde bringe ich es, und du thust die Sache noch diesen Abend ab. Bleiben sie hier, Albertine: seyn sie ohne Sorgen. Charlotte, auf die Seele binde ich dir diesen Engel; sprich ihr Muth zu — Im Augenblick bin ich wieder hier — (Er will hinaus gehen.)

Fünfter Auftritt.

Die Vorigen. Nachbarinn Walther.

Nachbarinn (herbeylaufend, mit erstickter Stimme.) Die Gerichtsdiener!

Albertine.
Brand.   } Himmel!
Mad. Reinbold.

Nachbarinn. Ach Fräuchen, es sind deren wohl zwanzig! Wie ich herlief, standen sie schon im Gange.

Mad. Reinbold (an die Thüre laufend, und sie abschließend.) Ach Gott, die Thüre!

Albertine. O mein Freund, nur einen kurzen Augenblick hat mir das Glück gelächelt!

Brand. Fassen sie Muth, meine Geliebte!

Mad. Reinbold (vor der Thüre, an welcher sie lauscht, und mit der Hand das Schlüsselloch zuhaltend, mit erstickter Stimme.) Still! — (Zur Nachbarinn) Liebe Frau antworten sie, wenn man klopft.

Sechster Auftritt.

Die Vorigen. Fanger und seine Häscher, Anfangs von außen.

(Es wird geklopft.)

Nachbarinn (mit heiserer Stimme.) Wer da?

Fanger (von außen.) Aufgemacht! Es sind die Gerichte —

Albertine (erschrocken und halb leise.) Das ist Fangers Stimme! Entsetzlicher Zufall!

Fanger (von außen, und klopfend.) Holla, aufgemacht! Von Obrigkeits wegen — Aufgemacht, oder ich breche die Thüre in Stücke —

Nachbarinn. Gleich, gleich. Nur einen Augenblick —

Fanger (von außen.) O ich habe Mannschaft!

Brand (im Zimmer herumspähend.) Wo verbergen wir uns vor ihren Augen?

Mad. Reinbold (in Verzweiflung und halbleise.) Ich habe nur dieses Zimmer!

Albertine (ebenfalls außer sich.) Ach mein Freund, mein theurer Freund!

Brand (der überall herumgespäht hat, auf einmahl wie inspirirt.) Ha! ich habe es! Wir werfen diese Harnische über. Diese zugeschlagenen Helme setzen wir auf. Wir stellen uns auf jene Kisten, und ich denke, die Leute werden uns für wahre Gliederpuppen ansehen — Was meinen sie, Albertine?

Albertine. Wie sie wollen, was sie wollen, wenn ich nur verborgen bleibe, wenn man mich nur nicht aus ihren Armen reißt!

Fanger (von außen klopfend.) Wird's endlich?

Nachbarinn (ungeduldig, und mit den Taschen rasselnd.) Ach! Hört ihr denn nicht das ich die Schlüssel suche?

Brand (mit größter Behendigkeit die Rüstung anlegend.) Wir sind gleich fertig — (Unterdessen wird Albertinen der Harnisch übergeworfen, und der Helm aufgesetzt.)

Mad. Reinbold (Albertinen helfend.) Binden sie ihr goldnes Kreuz los; die Kugel in der Mitte könnte sie unter einem solchen Anzug verletzen. Ich stecke es ein.

Brand (zu Albertinen.) O des grausamen Wirrwarrs! Meine muthige Freundinn!

Albertine (zärtlich.) Ach ich beklage mich nicht!

Brand (während daß droußen wieder geklopft wird, zu Albertinen.) So! Nun steigen sie auf diese Kiste, und rühren sie sich nicht — (Zur Nachbarinn) Thun sie, als ob sie aufzumachen versuchten — (Während die Nachbarinn einen Schlüssel im Schlosse herumdreht) Gebt mir einen von den Spießen — (Er stellt sich auf eine andre Kiste) Ich bin fertig; laßt sie nun hereinkommen.

(Madame Reinbold öffnet die Thüre.)

Fanger (mit den Häschern hereintretend.) Nun, das hat lange gewähret — (Zu Madame Reinbold) Wie steht's? Man hat die Citation erhalten — sind die hundert Ducaten bey der Hand?

Mad. Reinbold. Was wollen sie von mir? Ich weiß nichts von ihren Papieren; kommen sie wieder, wenn mein Mann zu Hause ist.

Fanger (zu seinen Leuten, von denen sich einige um einen Tisch herumsetzen, und sich zum Schreiben bereiten.) Inventorirt! — Das Bett — die Pulte — Tisch — Stühle — Schrank — Canapee — Gemählde — (Indem er sich umsieht, bleibt er bey den falschen Gliederpuppen stehen) Ha? Was sind das für Figuren?

Mad. Reinbold (verdrießlich.) Es sind angekleidete Gliederpuppen.

Fanger. Wozu nutzt das?

Mad. Reinbold (wie oben.) Ah — was weiß ich's?

Fanger. Item, zwey angekleidete Gliederpuppen — (indem er sie näher betrachtet) von beyderley Geschlecht, wie in dem Wachsfigurencabinet, das neulich hier war.

Mad. Reinbold. Wie? So etwas wird aufgeschrieben?

Fanger. Nun, worauf man Beschlag legt, das schreibt man doch wohl auf.

Mad. Reinbold. Ihr werdet mir die Gliederpuppen nicht wegnehmen?

Fanger. He he he — warum denn nicht? Das Eisen ist doch etwas werth.

Mad. Reinbold. Wir wollen sehen! — Ach Reinbold, so komm doch!

Siebenter Auftritt.

Die Vorigen. Reinbold.

Reinbold (zerstreut hereintretend, und ohne auf die Gerichtsdiener Acht zu geben, sogleich die Gliederpuppen erblickend, bricht voll Entrüstung aus.) Wem sind die Gliederpuppen? Wer hat sie in meiner Werkstatt aufgestellt? Hält man mich für einen Dummkopf, für einen Schüler? Bey Gott, das leide ich nicht — sehen meine Werke etwa nach

Gliederpuppen aus? Nun Frau, sag an! Was ist das für eine Schmach?

Mad. Reinbold. Höre doch, Reinbold, und sey nicht so vorschnell. Sieh nur, es ist ein Mahler —

Reinbold. Ein Mahler? Mir solch einen Schimpf? Die Natur — nichts als die Natur! Hohl der Henker die Gliederpuppen —

Mad. Reinbold. Nun ja, aber die Gerichtsdiener —

Reinbold. Was gehen mich die Gerichtsdiener an? Ich lasse mich auf das Hellbunkel ihres schändlichen Gewerbes nicht ein. Hier ist die Rede von der unerhörten Beleidigung, die mir ein frecher Nebenbuhler zugedacht hat. Die Kunst — Die Kunst selbst fordert Genugthuung. So etwas gehört für einen elenden Schmierer, der Bierhausschilder mahlt. Weg mit diesen Gräueln! Alle Teufel — mir Gliederpuppen?

Achter Auftritt.

Die Vorigen. Doctor Wolf.

D. Wolf (hereinstürmend.) Seyd ihr noch nicht fertig? Hülfe, Fanger, Hülfe! Pack hier alles zusammen. Albertine ist entführt —

Fanger. Was?

D. Wolf (sich voll Wuth herumtreibend.) Ich weiß nicht wo mir der Kopf steht — Geschwind,

Fanger, bring dein Inventarium zu Stande. Daß hier rein aufgeräumt wird, braucht Gewalt, wenn es seyn muß. Wirf die Geräthschaften heraus — mag auch alles zerbrechen! Geschwind — Die Gemählde! Die tollen Gestalten dort! (Höchstes Getümmel unter allen handelnden Personen; die Häscher wollen auf die Gemählde losstürzen.)

Reinbold (mit äußerster Wuth ein Gewehr ergreifend, und es den Häschern vorhaltend.) Hölle und Teufel! Meine Gemählde? Kennt ihr das Gesetz nicht? Der erste, der sich untersteht — Da, die verdammten Gliederpuppen bringt mir aus den Augen, wenn ihr etwas wegschleppen wollt —

Mad. Reinbold (ebenfalls ein Gewehr ergreifend, und es den Häschern vorhaltend.) Wenn euch euer Leben lieb ist, bleibt davon!

D. Wolf (mit den Häschern zurücktretend.) Kinder, Kinder! Laßt euch nicht irre machen —

Fanger (zu den Häschern.) Packt nur immer die Gliederpuppen; wir sind die Stärksten — (Indem sie auf die Gliederpuppen stürzen wollen, springt Brand von seiner Kiste herunter, und hält ihnen die Lanze vor.) Ach — das ist der Teufel!!

D. Wolf. Ruf deine Verstärkung herbey! (Auf dieses Geschrey treten neue Häscher in das Zimmer; über den Lärm fällt Albertine in Ohnmacht.)

Mad. Reinbold. Sie wird ohnmächtig! Frau Walther, zu Hülfe! (Die beyden Weiber stehen Albertinen bey) Den Helm müssen wir losschnallen —

Fanger (auf die Fußzehen tretend, um hinaufzusehen.) Wa — was? Herr Doctor, es ist die Mamsell!

D. Wolf (außer sich, Albertinen erkennend.)
Albertine? Ja, sie ist's — Fort, fort mit ihr!
(Die Häscher umringen Albertinen, und tragen sie weg.)
Einen Wagen! Geschwind!

Brand (indem sie Albertinen gegen die Thüre schleppen.) Elende, haltet ein! (Er rennt zu Reinbold, der besinnungslos umherirrend, ihn in seine Arme aufnimmt) Reinbold, steh mir bey!

Reinbold (staunend, und sich hin und her bewegend.) Was zum Teufel soll das alles bedeuten?

Mad. Reinbold (heftig auf ihren Mann zugehend, und in seine Arme stürzend.) So hilf doch! Es ist der Bruder!

Reinbold (sich hastig losreißend, und einen Speer aufraffend.) Der Bruder? Brand? Zu den Waffen!

(Er rennt auf die Gruppe los, und mischt sich unter die Häscher; indem der Kampf, gegen die Thüre zu, lebhaft wird, fällt der Vorhang.)

Vierter Aufzug.

Der Schauplatz wie in den beyden ersten Aufzügen. Auf dem Tisch liegt der Harnisch, den Albertine angehabt hatte.

Erster Auftritt.

Albertine sitzend. Barbara. Doctor Wolf.

Doctor Wolf.

Nun, Jungfer Schwester, wie sieht es mit der Sanftmuth, mit dem Hätscheln aus? Nun hast du's gehabt, und ich hoffe, du wirst gewitzigt seyn.

Barbara. Mich so zu hintergehen! Ja all mein Lebtage will ich's jetzt sagen: Stille Wasser sind betrieglich —

D. Wolf. Schließ diese Rüstung ein. Ha ha ha, man sieht daß die Mamsell den Putz liebt: nach der allerneuesten Mode hatte sie sich gekleibet! Sie stellten wohl eine Pallais vor, Albertine — nicht wahr? Nun, für diese Nacht, denke ich, wird unser junger Rittersmann verdutzt genug seyn, und keine großen Sprünge machen. Uebrigens wache ich, und bin auf meiner Huth. Fanger bleibt zwar beym Mahler, er muß sorgen, daß nichts auf die Seite gebracht wird; allein ich will schon Wächters genug seyn — Armes Kind! Waren sie recht erschrocken, sich dort entdeckt zu finden? He?

Albertine. O mein Herr, dieser grausame Spott steht ihnen wohl an — Ach lassen sie mich sterben!

D. Wolf. Mit nichten — das wäre jammerschade! Ich merke wohl, du bist krank von der großen Alteration; allein beruhige dich, ich werde die ganze Nacht bey dir wachen.

Albertine. Gott! Soll ich sie beständig vor Augen haben?

D. Wolf. Nein nein, nur wenn es Noth thut. Hier, in diesem Saal, bleibe ich auf den Beinen; es soll ihr Vorgemach seyn, und sie schlafen unterdessen ruhig in ihrem Zimmer. Doch müssen sie's nicht übel nehmen, wenn wir zuvor den Fensterladen sichern; ein gutes Vorlegeschloß, inwendig angebracht, soll ihnen den bedenklichen Sprung zum Fenster hinaus ersparen.

Albertine. Eine solche Behandlung muß ich erdulden!

D. Wolf. Ey, ey! Auf die Passage hatte man wohl gar ein Bißchen gerechnet? Ich bedaure —

Barbara. Man macht den Käfig zu, ehe der Vogel hinaus ist.

D. Wolf. Nun, angenehme Ruhe! Was wollen sie sich's länger im Kopf herumgehen lassen? Sie sehen ja, man ist auf alle Fälle gerüstet — und hier in dieser Schublade hat man zum Ueberfluß auch noch vier geladene Pistolen, die einem nächtlichen Besucher garstig Kopfweh machen dürften — (Es wird geklingelt) Was gibt's? Etwa eine neue Schelmerey? Ha ha ha! Kommt nur an — jetzt lache ich zu allen euern Streichen. (Er geht hinaus.)

Zweyter Auftritt.

Albertine. Barbara.

Albertine. Ach!

Barbara (in währendem Plaudern das Zimmer aufräumend; sie nimmt den Harnisch weg, und stellt ihn in einem Schrank, gegen die Coulisse, auf.) Hm, hm, hm! — Ja ja — du lieber Himmel! Will der Gaul davon rennen, braucht's freylich keine Sporen. Gelegenheit macht Diebe. — Aber was hilft's? Kommst du mir so, komme ich dir so. Wie's in den Wald schallt — Ich war gutherzig; nun werde ich auch arg! Wer sich zum Schaf macht,

macht, den frißt der Wolf. Seyn sie ganz ruhig, mein Kind. Einmahl ist nicht immer. Sie dachten: frisch gewagt — nein nein! Jetzt heißt's: alles verloren! Mache eines nur die Rechnung ohne den Wirth — das kommt dabey heraus. — Je nun, ich weiß wohl! Noth kennt kein Geboth. Und die Liebe ist eine arge Noth. Aber wer warten kann, dem kommt's auch zurecht. Sagte ich's denn nicht immer, daß —

Dritter Auftritt.

Die Vorigen. Doctor Wolf.

D. Wolf. Oho, das war kein Schelm, dem ich da die Thüre aufgemacht habe! Unser Kutscher, denkt einmahl — (Indem er Albertinen ihr goldnes Kreuz zustellt) Sehen sie, ihr schönes Kreuz mit der perlmutternen Einfassung — Das hatten sie im Herfahren vom Halse verloren. Der Kutscher findet's in seinem Wagen, und bringt's auf der Stelle hierher — ein schöner Zug, wahrhaftig!

Barbara. Ach der brave Mensch, der! Bruder, du hast ihm doch ein Glas Bier angebothen?

D. Wolf. Nun gilt kein Feyern mehr. Die Nacht bricht ein — (Er schließt die Hauptthür zu) Wo mir recht ist, habe ich hier ein Vorlegeschloß liegen — (Er geht an den Tisch, und zieht die Schub-

Briefwechsel. E

lade heraus) Da! Du sollst mir eine neue Flucht verhindern — (Er nimmt ein Vorlegeschloß und einen Hammer aus der Schublade) Gedulden sie sich, Albertine; es wird gar nicht lange währen. Dann können sie zu Bett gehen. — Leuchte mir, Schwester. (Er geht mit Barbara in Albertinens Zimmer.)

Vierter Auftritt.

Albertine allein.

Was soll ich davon denken? Das Kreuz hätte ich im Wagen vergessen? Ich hatte es ja nicht mehr, als ich zurückfuhr; die Schwester meines theuern Freundes hatte es zu sich genommen, wie wir uns verkleideten — Ich erinnere mich dessen sehr gut. Darunter ist gewiß ein Geheimniß verborgen. Ich muß doch zusehen — (Sie wendet das Kreuz von allen Seiten herum; nach ein Paar Augenblicken sieht sie aus der herzförmigen Kugel in der Mitte ein Papier hervorkommen, indem sie das Band zieht) Ah — O der sinnreichen Beharrlichkeit! Ist es möglich? Kannst du machen, daß ich dich noch mehr liebe? Selbst in der Wahl des Papiers erkenne ich seine Zärtlichkeit; er hat das feinste genommen, was nur zu finden war, um mit mehr Worten der Liebe mir kräftigeren Trost zusprechen zu können — (Sie liest) „Wie bedaure ich Sie, „meine Albertine! Wie grausam sind unsre Lei-„den! Aber seyn Sie ohne Sorgen; beruhigen

„Sie sich; o beruhigen Sie sich." (Hier hört man
den Doctor Wolf hämmern, indem er das Vorlegeschloß
befestigt.) „Stellen Sie sich, als gäben Sie der
„Verfolgung nach. Scheinen Sie willig, Ihren
„Vormund zu heirathen. Suchen Sie es zu machen,
„daß er ohne Zeitverlust nach seinem Notarius schickt
„— merken Sie sich's wohl, nach seinem Nota-
„rius, Herrn Klauser: wir haben dieß von Fau-
„gern herauszulocken gewußt, und der Umstand
„ist bey meinem Anschlag von der größten Er-
„heblichkeit. Denn eben jetzt hat Klauser einen
„neuen Schreiber, den der Doctor nie zu Gesicht
„bekommen hat: darauf baue ich meinen Plan"
— (Sie wendet sehr sichtbar das Blatt um) „Nun-
„mehr muß ich Sie von einem höchst wichtigen
„Geheimniß unterrichten. Geben Sie hier wohl
„wohl Acht. Tragen Sie sogleich Sorge, daß"
— — Ach da sind sie schon wieder!
(Sie verbirgt den Brief in ihrem Busen.)

Fünfter Auftritt.

Albertine. Doctor Wolf. Barbara.

D. Wolf. Es ist alles in bester Ordnung.
Von der Seite wenigstens wird keine freche List
meine Treuherzigkeit mißbrauchen können. Lieber
Gott! Ich bin freylich unerfahren, einfältig, leicht
zu berücken — wie kann ich mir doch einfallen

laſſen, auch nur bis morgen früh ſie im Hauſe zu halten?

Albertine (ſich verſtellend.) Ach mein Herr, laſſen ſie dieſen bittern Scherz! Wie übel paßt er zu meinem gegenwärtigen Zuſtand! Es iſt geſchehen, es iſt vorbey — ich weiche dem Schickſal, ich will gehorchen! So viel Unruhe, ſo viel Qual halte ich nicht länger aus — Gebiethen ſie über mich. Eilen ſie, mein Herr — o daß ich in dieſer nähmlichen Stunde alles unterſchreiben könnte! dann wäre es aus — Thun ſie was ihnen gut dünkt, ich bin zu allem bereit. Laſſen ſie mich nur in ungeſtörter Einſamkeit jetzt meinen Schmerz ausweinen — (Sie nimmt ein Licht vom Tiſch, und geht in ihr Zimmer.)

Sechſter Auftritt.

Doctor Wolf. Barbara.

D. Wolf. Ha ha ha! Da ſiehſt du's, Schweſter, ob es aller der Güte, aller der Gefälligkeit braucht, um mit einem jungen Mädchen fertig zu werden. Mürbe muß man ſie machen; ſie beißen, wenn man ſie ſtreichelt.

Barbara. Ja, das iſt ſchon gut, Herr Bruder — aber noch iſt's nicht aller Tage Abend. Was die Braut leidet, dafür kann ſich die Frau bezahlt machen —

D. Wolf. Larifari!

Barbara. Alles mit Maßen, ich bleibe dabey. Sey wachsam, aber gib gute Worte.

D. Wolf. Gute Worte zu Schloß und Riegel? Das würde fein zusammenpaffen — (Hier hört man in Albertinens Zimmer ein Fenster zerbrechen) Da haben wir's! Aus Aerger über den zugeschlossenen Fensterladen, bricht sie ihre Scheiben ein.

Barbara. Lieber Himmel, wenn sie sich nur kein Leids anthut! Ich muß doch —

D. Wolf (sie zurückhaltend.) Ey was! Man spielt die Verzweiflung: wir kennen das. Nun will ich noch den Hof visitiren — (Es wird geklingelt) Was gibt's schon wieder? Geh hinaus, Schwester, sieh zu! Ich bleibe hier Schildwache.

(Barbara geht ab.)

Siebenter Auftritt.

Doctor Wolf allein.

Vierzig tausend Gulden, auf gute Zinsen und sicher angebracht — Item das schöne Pachtgut! Gottlob, der Termin nähert sich; zwey Processe, der harte Winter, und das letzte Hagelwetter haben den Pachter in großen Rückstand gebracht — ich verdopple den Zins: er muß doch bleiben und den Pacht erneuern. Zudem stoßen seine Felder an die meinigen — warte, du alter Kauz! Du sollst mir nicht entwischen — Item, das Haus mit dem Garten in der Vorstadt — Ey ey, junger Herr, ihnen gelüftet nach diesen schönen Sachen, und einem hübschen Mädchen obendrein? Und sie meinen, ich ließe mir das alles aus den Händen schlüpfen — ich würde umsonst Vormund gewesen seyn? Nein nein, daraus wird nichts —

Achter Auftritt.

Doctor Wolf. Reinbold. Barbara.

D. Wolf. Was sehe ich? Sie, mein Herr? Sie wagen es, meine Schwelle zu betreten?

Reinbold. Wagen, Herr?

D. Wolf. Ja, Herr! — Nachdem sie mir meine Mündel rauben wollten, können sie noch die Unverschämtheit haben, sich vor meinen Augen, in meinem eignen Hause, zu zeigen? Wahrscheinlich soll es einen neuen Versuch gelten —

Reinbold. Ich bitte, Herr, mäßigen sie sich. Es hat niemand etwas geraubt; sie selbst, mein Herr, sie haben dem Gesetz hohngesprochen, unheiligen Händen gebothen, die Werkzeuge der Kunst, die Kunst selbst zu entweihen, der man nur mit Ehrfurcht nahen darf. Für diesen Frevel könnte ich sie leicht zur Verantwortung ziehen; sie und ihre Helfershelfer, wenn ich meine Zeit mit einem elenden Proceß verderben möchte.

D. Wolf. Prozeß? Ey mein Herr, heben sie nur an: ich stehe zu Diensten —

Reinbold. Pfui! Mit dem Schmutz der Chikane besudelt sich seine Künstlerseele.

D. Dolf. Nun, was wollen sie also mit allen den hochtrabenden Worten? Was soll das alberne Zeug bedeuten? Die Gerichte nehmen was sie finden. Da hätte man viel zu thun, wenn jeder Sudler —

Reinbold. Mir das, Herr? — Danken sie dem Himmel, der sie und mich so ungleich schuf. Ihre niedrigen Schimpfworte reichen nicht bis zu mir; sonst beym Raphael —

D. Wolf. Nun, das ist recht schön; aber zur Sache! Was suchen sie hier? Was ist ihr Begehren?

Reinbold. Wie? Sie wissen nicht? — Doch eine Seele wie die ihre, wie könnte sie ein edles Anliegen der meinigen errathen?

D. Wolf. Mein Herr, wissen sie wohl, daß mir die Gedulb ausreißen könnte? Ich frage, was sie hier bey mir wollen —

Reinbold (einen gemäßigten, behuthsamen, komisch-ernsthaften Ton annehmend.) Sie werden sich erinnern, Herr Doctor, wie sie mit ihrer liebenswürdigen Mündel zurückfuhren, eine Sache — eine Sache von Werth — mitgenommen zu haben, die — ich klage niemanden an — die aber ohne Zweifel hier seyn muß — Ich meine, einen Harnisch —

D. Wolf (dumm spottend.) Harnisch? So, so!

Reinbold (wieder warm werdend.) Mein Herr, ich bitte sie recht sehr, läugnen sie ihn nicht ab. Um alles in der Welt möchte ich ihn nicht verlieren. Er hat einen heiligen Werth für mich — er bekleidet die Ritter, die Helden der Vorwelt, er stellt mir in diesem ausgearteten Jahrhundert jene großen Menschen lebendig wieder dar, meine Phantasie füllt ihn mit den Riesenleibern jener Rächer des Unbilds — Jetzt, mein Herr, jetzt braucht ihn Lerse, der biedre brave Lerse, der Götzen von Berlichingen bey Remlin zu schaffen machte —

D. Wolf. Sind sie toll? Lerse? Göz? Wer sind die Leute? — Bezahlen sie, dann bekommen sie ihren Harnisch wieder. Bis dahin — Serviteur!

Reinbold. Bezahlen? O Künstlers Erdewallen! Deine Werke können einst der Fürsten goldne Säle schmücken, und weil dir heute ein Paar lumpige Ducaten im Beutel fehlen, wirst du mitten in der Begeisterung Flug aufgehalten —

D. Wolf. Wie gesagt, Herr, bezahlen sie: ich weiß nichts anderes.

Reinbold (sich besinnend, und entschlossen.) Ja so, deßwegen bin ich ja hier. Dafür ist auch gesorgt. Warum sprachen sie nicht eher? Hier ist ihre Bezahlung, hier ist eine Bürgschaft — (Er stellt ihm einen Brief unter Umschlag zu.)

D. Wolf. Von wem?

Reinbold. Von meinem Schwager — Brand? Kennen sie den nicht? Meine Frau sagt daß er Geld hat. Er spricht für mich gut — (Während der Doctor liest, sieht Reinbold Gemählde an, die über den Thüren hängen, und bezeugt durch Geberden seinen Ärger über ihre Schlechtigkeit.)

D. Wolf. Wie? Was ist das? — Aha! Das trifft sich nicht übel —

Reinbold. Dieses hier? Die Landschaft? Sie halten sie gewiß für ein Original — Mein Gott, was man den Leuten nicht aufbindet! Eine Copie ist's, Herr! So wahr ich lebe, eine Copie —

D. Wolf (der ihm drohend den Brief vorhält.) Wie? Sie erfrechen sich —

Reinbold (immer mit dem Fernglas die Gemählde beobachtend.) Pah! Was hätte ich davon? Es ist nicht einmahl meine Gattung — aber wie ich ihnen sage, es ist eine Copie.

D. Wolf. So unverschämt daher zu kommen —

Reinbold. Alle Teufel, Herr, das muß ich doch wissen!

D. Wolf. Mir in's Gesicht wagen sie —

Reinbold. Da ist etwas zu wagen! Es mag ihnen leid thun, angeführt worden zu seyn. Aber ich bitte sie, betrachten sie nur selbst —

D. Wolf. Nein, es ist nicht zum Aushalten!

Reinbold. Da! Um Gottes willen, der schwere Baumschlag, der erbärmliche Himmel, die hingeklechsten Figuren — wofür hat man ihnen das elende Geschmier ausgegeben?

D. Wolf. O du wirst mich endlich doch anhören, verdammter Sudler?

Reinbold. Ha!

D. Wolf. Dieß also — Dieß ist die Bürgschaft, die sie mir anbiethen?

Reinbold. Ja freylich. Nun?

D. Wolf. Wissen sie auch, was hier geschrieben steht?

Reinbold. Wie?.

D. Wolf. Gehen sie, Herr — und das zur Stelle! Und hören sie, merken sie sich das Haus — merken sie sich's, ich sage es ihnen, damit es ihnen ja nicht wieder beyfällt, den Fuß hinein zu setzen.

Reinbold. Aber —

D. Wolf. Und bey alledem bin ich ihnen noch Dank schuldig —

Reinbold. Ich verstehe kein Wort!

D. Wolf. Nun so sperren sie die Ohren auf —

Reinbold. Sie sind, weiß Gott, verrückt!

D. Wolf. Nicht so ganz. Wir wollen einmahl versuchen, ob ich nicht recht ordentlich zusammen zu reimen weiß. Aus diesem Schreiben zum Exempel schließe ich, daß ihnen ihr Schwager ehrlicher Weise eine doppelte Bothschaft aufgetragen hatte, daß sie einen Brief an einen seiner Freunde, und diesen hier an mich bestellen sollten.

Reinbold. Nun ja. Aber ich begreife nicht —

D. Wolf. Der verwechselte Umschlag hat ein kleines Mißverständniß erzeugt. Den Brief an den guten Freund habe ich.

Reinbold. Ist es möglich?

D. Wolf. Da, hören sie, wie verbindlich dieser Styl für mich ist. (Er liest) „Ich bitte dich, „lieber Freund, sobald du diesen Brief empfängst, „meinen Schwager fort zu schicken, damit er un= „gesäumt mit dem Schurken von Doctor Wolf „eine Abkunft trifft, an welcher meine Schwe= „ster sehr viel gelegen ist." —

Reinbold. Verdammter Streich! Geben sie her; ich will sogleich —

D. Wolf. Nein, hören sie nur zu; es kommt noch besser. (Er liest) „Ich war so glücklich ge= „wesen, durch einen Miethkutscher, vermöge ei= „nes goldenen Kreuzes, das Albertine bey mei= „ner Schwester gelassen hatte, ihr einen Brief, „der in der Mitte dieses Kreuzes versteckt war, „zustellen zu lassen; ich legte darin dem Alten „eine Falle. Albertine sollte zum Schein einwil= „ligen, ihn zu heirathen, und sogar in ihn zu „dringen, daß er seinen Notarius Klauser hoh= „len ließe. Es war alsdann nichts weiter zu thun, „als den Notarius zu bestechen; er sollte meinen „Nahmen im Ehecontract unterschieben, und Al= „bertine und ich waren unwiederruflich ein Paar! „Aber die verdammte Perücke ist unerbittlich ge= „blieben; ich habe also den Entwurf aufgeben

„müſſen" — Schade! ihr hattet das Stückchen doch ſo fein angelegt —

Reinbold (die Hand auf der Bruſt mit der größten Ernſthaftigkeit.) Bey allem was heilig iſt, ſchwöre ich —

D. Wolf. Pah! Hören ſie doch weiter — (Während daß er lieſt, wendet ſich Reinbold gegen die Schweſter, um ihr durch Geberden ſeine Unſchuld zu betheuern; wie ſie ihn auch zurückzuweiſen ſcheint, bezeigt er durch ein ſtummes Spiel ſeinen Unwillen über dieſen beleidigenden Unglauben.) „Komm zu mir, „mein Lieber, ſo bald du nur kamſt; ich brau„che deine Hülfe, um mit Tagesanbruch, durch „den dir wohlbekannten Garten, bis zu Alberti„nens Fenſter zu bringen. Es muß alles verſucht „werden. Das Mädchen iſt reich, und hat ſich „in mich vergafft. Nun bin ich zwar, wie du „weißt, eben nicht beſonders in ſie verliebt; man „muß aber vernünftig genug ſeyn, ſich ſo zu ſtel„len, und eine gute Gelegenheit nicht entwiſchen „laſſen. Der Deinige, Brand." — Nun? was ſagen ſie dazu?

Reinbold. Ich falle aus den Wolken!

D. Wolf. Sie ſehen jetzt doch, daß ihre Mühe verloren iſt?

Reinbold. Wenn ich ihnen aber betheure —

D. Wolf. Schon gut. Auf allen Fall bin ich ihnen dafür verbunden. Nur bitte ich ſie gehorſamſt, ſich nicht länger bey mir aufzuhalten.

Reinbold. Ich bin ſo beſtürzt, eine ſolche Ueberretlung —

D. Wolf. Das kann ich mir denken — ha ha ha!

Reinbold. Indeſſen will ich in der größten Geſchwindigkeit alles mögliche thun, meine Schuld abzutragen. Sie ſollen ihr Geld haben, ehe die Nacht verſtreicht; aber meinen Harniſch werden ſie mir doch auch nicht vorenthalten?

D. Wolf. Gehen ſie nur. Spannt noch eure Kräfte an, um mich zu hintergehen — Barbara, leuchte uns; der Herr will ſich empfehlen.

Fünfter Aufzug.

Erster Auftritt.

Doctor Wolf allein.

Er hält den Brief in der Hand, den er von Reinbold bekommen hat.

Ha, das soll ein Gaudium seyn, die kleine Hexe in ihrem eigenen Netz zu fangen — (Er öffnet Albertinens Thüre) Albertine — mein Püppchen?

Zweyter Auftritt.

Doctor Wolf. Albertine.

Albertine. Ich sehe es wohl, sie haben Freude an meinem Schmerz; sie wollen sich an meinem Zustande weiden!

D. Wolf. Ey pfuj doch! Nein, nein, ich denke dich zu trösten.

Albertine. Ersparen sie sich diese vergebliche Mühe. Mein Entschluß ist genommen, und sollte es mir das Leben kosten! Ich will von Liebe, von Liebhaber nichts mehr hören. Ich entsage dem Glück, ich entsage mir selbst auf ewig. Sie wollen mich heirathen? So sey es, und dieß Band werde je eher je lieber geknüpft — zu verlieren habe ich nichts mehr!

D. Wolf (spöttisch.) Diese Ergebung könnte mir fast bang machen.

Albertine. Sie ist unbedingt. Wenn sie mich verbinden wollen, lassen sie diesen Abend noch, in dieser nähmlichen Stunde, hier in diesen Saal, ihren Notarius kommen —

D. Wolf (für sich.) Aha, da haben wirs!

Albertine. Herr Klauser, nicht wahr —

D. Wolf. Ganz recht, mein Schätzchen, ist mein Notarius!

Albertine. Lassen sie ihn kommen, ich bitte sie darum.

D. Wolf (immer spöttisch.) Nun, dir zu Gefallen, mein Weibchen, soll es sogleich geschehen. Du übertriffst ja alle meine Wünsche — Laß einmahl sehen, ob ich die deinigen nicht übertreffen sollte! (Er setzt sich an den Tisch, und spricht laut aus was er schreibt) „Salvo titulo — hm, hm! der „Herr Notarius Klauser — hm, hm! et cae„tera — werden gebethen, brevi manu ein „Heirathsversprechen zwischen Albertine Emilie „Weiler, und Christoph Pancratius Wolf, — „hm, hm! et caetera — aufzusetzen, und sol„ches unverzüglich letzt Benanntem in seiner Be-

„hausung zu überbringen" — hm, hm! et caetera — So ist es gemeint, nicht wahr, meine Theuerste?

Albertine. Ja, ganz recht.

Dritter Auftritt.

Die Vorigen. Barbara.

D. Wolf. Geschwind, Schwester! Ruf den Nachbar Martin; er soll dieß unverzüglich zum Notarius Klauser tragen — Gib aber wohl Acht, wenn du die Hausthüre auf und zu machst.

Barbara. Das versteht sich. (Ab.)

Vierter Auftritt.

Albertine. Doctor Wolf.

D. Wolf. Aber du bist ja um den Finger zu wickeln, Albertine! Welche glückliche Veränderung!

Albertine. Das Loos der Verzweiflung ist geworfen!

D. Wolf. Nicht doch — Nein, nein! Du bist jetzt ein gutes Kind, und ich weiß sicher, du wirst mir noch einen kleinen Gefallen nicht abschlagen.

Albertine. Wie?

D. Wolf.

D. Wolf. Gelt? Du zeigst mir den Brief, den ich dir vorhin zugestellt habe?

Albertine. Welchen Brief?

D. Wolf. Hm, du wirst dich doch nicht verstellen wollen? Ich weiß ja wohl, den Brief, der in dem goldenen Kreuze stak? Nicht? Er war so hübsch in die Kugel, in das Herz an dem Kreuze, hineinpracticirt?

Albertine (sich höchst erschrocken stellend.) Gott!

D. Wolf. Siehst du, daß ich weiß? Nun, und nicht wahr — das Briefchen bekomme ich zu sehen?

Albertine. Ich bin verloren!

D. Wolf (gebietherisch.) Allons geschwind! Her damit —

Albertine. Ach mein Herr!

D. Wolf. Ich will es.

Albertine. Sie tödten mich!

D. Wolf (drohend.) Wenn sie sich nicht im Guten entschließen —

Albertine (ihm mit verstellter Verzweiflung die Hälfte des Briefes hinreichend, die sie aus ihrer Tasche zieht.) Da, da ist er! — Alle meine Hoffnungen sind zerstört! (Während daß er liest) Weiden sie sich an meinem Elend. Unglücklich, gefangen gehalten, Schlachtopfer ihrer Härte, und des Verraths — ich habe nichts mehr zu fürchten, ich kann nicht elender werden. Zittern sie für sich selbst! Ja, ich wollte fliehen, in die Arme des theuersten Geliebten wollte ich vor ihnen

fliehen. Alles ist entdeckt — Aber meine Qua‑
len kann ich noch enden! (Sie rennt mit verstellter
Wuth an den Tisch.)

D. Wolf. Was wollen sie?

Albertine (ein Federmesser ergreifend.) Mich vor
ihren Augen umbringen!

D. Wolf. Halten sie!

Albertine. Nein —

D. Wolf (bauchlerisch.) Armes Mädchen —
nun ist es Zeit! Sieh, mein Tinchen, betrogen
warst du, schändlich betrogen, wenn ich nicht mit
mehr als väterlicher Sorgfalt über dich gewacht
hätte. Lerne, welchem Bösewicht du dein Ver‑
trauen geschenkt hattest. Lerne von ihm selbst, aus
was für schmutzigen Absichten er dir so eifrig nach‑
stellte — dein Vermögen, lediglich dein Vermö‑
gen war es, was ihm in die Augen stach — sieh
nur, und ich! Ich suche nur dein Glück — nichts
auf der Welt, als dein Glück, du armes Wais‑
chen — (Indem er ihr den Brief vorhält, den er von
Reinbold bekommen hat) Sprich, Albertine, sprich
selbst — ist das nicht seine Hand?

Albertine. Ja — sie ist es.

D. Wolf. Nicht wahr! Du gutes Herzchen
du! — Ist das nicht seine Unterschrift?

Albertine. Freylich — ja.

D. Wolf (ihr den Brief hingebend.) Nun lies,
mein Tinchen, lies! — (Während daß sie liest)
Ja ja, so verkennt die Jugend ihre besten Freun‑
de! Was hätte ich denn davon gehabt, dich so

streng zu bewachen, deinen Neigungen zu widersprechen? Ich wollte nur erst ergründen, wie es mit dem jungen Menschen bestellt war — sieh, meinen kleinen Finger hätte ich darum gegeben, wenn ich einen artigen, gutmüthigen, bescheidnen Mann für dich an ihm gefunden hätte — Mein Gott, das ist wohl gut, wenn sich ein Pärchen lieb hat! Es wäre mir eine Herzensfreude gewesen, euch selbst zusammen zu geben — Nun? Hast du gelesen? Nicht wahr, wenn meine Vorsicht nicht gewesen wäre? — —

Albertine (mit verstelltem Unwillen.) Gerechter Himmel! Kaum daß ich noch athme — Welche Seele? Welche niedrige Seele!

D. Wolf. Nun, Lämmchen, nun? — Da, behalte den Brief. Ueberdenke ihn wohl, lerne ihn lieber auswendig. Du siehst, daß der böse Bube neue Ränke im Sinn hat; aber laß mich nur machen, ich werde allem vorbauen — Nun, mein Schäfchen — mir weißt du's doch ein bißchen Dank, nicht wahr?

Albertine. Ach Gott — was bin ich ihnen nicht schuldig?

D. Wolf. Ja? — Siehst du wohl? Warte, es soll noch besser kommen — Und jetzt, nicht wahr, thut es dir auch nicht leid, daß ich an den Notarius geschrieben habe?

Albertine. Ach mein Herr, ich weiß nicht —

D. Wolf. Es hat keine Noth mehr damit — Du verstehst doch? Es geht ehrlich und redlich zu — Aber jetzt laſſe ich dich, damit du dich noch ſatt leſen kannſt. Ach, wer in der Jugend ſo eine Lehre bekommt — der iſt auf Zeitlebens geborgen! (Er geht ab.)

Fünfter Auftritt.

Albertine allein.

Niederträchtiger Greis — ſo bereiteſt du dir ſelbſt deinen gerechten Lohn! Redliche Freund‑ ſchaft zu häucheln? Meinen Geliebten zu ſchmä‑ hen — meinen edeln, klugen Freund? (Sie zieht den andern halben Bogen von dem Briefe aus dem Buſen hervor) Hier iſt meine Weiſung. Thöriger Alter, du haſt nur was wir dir geben wollten — mein Blättchen haſt du nicht! (Sie lieſt be‑ dächtig froh) „Nunmehr muß ich Sie von einem „höchſt wichtigen Geheimniß unterrichten. Geben „Sie hier wohl Acht. Tragen Sie ſogleich Sor‑ „ge, daß Sie die beyden Blättchen von einander „reißen. Das erſte, was Sie eben geleſen haben „ſoll Ihrem Vormund verrathen werden; wenn „er es Ihnen abfordert, liefern Sie es ohne „Furcht aus. Thun Sie aber dabey, als ob Sie „außer ſich wären. Richten Sie ſich nichts deſto‑ „weniger pünctlich nach der Vorſchrift jenes „Blättchens; nur verbergen Sie dieſes ſorgfäl‑ „tig. Ich bin im anſtoßenden Garten, Ihrem „Fenſter gegenüber, und verlaſſe meinen Poſten

„nicht eher, als wenn ich den Lärm Ihrer Schei-
„ben höre, die Sie mit dem Leuchter einbrechen
„werden, um mich wissen zu lassen, daß Sie die-
„sen Brief erhalten haben. Auf welche Weise
„Ihnen irgend ein Papier, überschrieben oder
„weiß, noch zukommen möge, so halten Sie es
„über einem Lichte, bis es warm wird. Dann
„werden Sie auf dem Weißen des Papiers eine
„deutliche Schrift erscheinen sehen. Dieser Schrift
„allein dürfen Sie Glauben beymessen. Adieu.
„Ewige treue Liebe!" — Ah, ich verstehe —
ich verstehe alles! Nun geschwind den Versuch gemacht — (Sie hält das weiße Blatt vom letzten Brief
hin und her über dem Licht) Himmel! Ja ja —
da ist die Schrift! O Sorgen der Liebe, wie
süß seyd ihr nicht! (Sie läßt sich auf einem Lehn=
stuhl nieder, und liest) „Bedauern Sie mich, mei-
„ne Albertine, daß ich genöthigt war, die schänd-
„lichen Ausdrücke hinzuschreiben, die Sie eben
„gelesen haben. Ich habe die Treuherzigkeit mei-
„nes guten Schwagers benutzt, um diesen Brief
„in die Hände Ihres Vormundes gerathen zu
„lassen. Wenn es gelingt, daß Klauser wegen
„eines Ehecontracts gerufen wird, so stehe ich
„auf der Lauer, um sogleich davon unterrichtet
„zu seyn. Machen Sie sich alsdann gefaßt, mich
„als Klausers Schreiber erscheinen zu sehen. Ich
„werde einen Contract mitbringen; wir müssen
„zu verhindern suchen, das Ihr Vormund ihn
„lese. Ich habe einen guten Freund angestellt,

„um den Notarius selbst ein Weilchen aufzuhal„ten. Wenn ich Sie eingeschloffen fände, und „die Gelegenheit paßte sich, so habe ich einen „nachgemachten Schlüffel, wozu mir der über„schickte Abbruck verholfen hat. Adieu. Wenn „wir uns nur zusammen verstehen — Der Au„genblick ist nahe, der uns auf ewig mit einander verbinden wird!" — Nun so ist er gewiß nahe! — Komm, o komm! Verstehen werden wir uns — Ich werde in deinen Augen lesen, was ich zu thun habe — (Es wird geklingelt, sie geht an die Thür) Gott! er ist es — Ja, er ist es selbst! Ich höre seine Stimme — Werde ich meine Verwirrung verbergen können? (Sie setzt sich nieder.)

Sechster Auftritt.

Albertine. Doctor Wolf. Brand. Barbara.

D. Wolf. Nur herein, nur herein! Wir wollen uns fördern. Die Braut ist hier, und erwartet uns.

Brand (Albertinen begrüßend.) Das ist Ihre Mündel?

D. Wolf. Ja.

Brand. Nun freylich, wenn man die Mademoiselle sieht, wundert man sich nicht, daß so viel Mühe und List ihrentwegen angewandt wird;

die besten Worte hat uns der junge Herr gegeben!

D. Wolf (abbrechend.) Ja ja, ich weiß schon — Haben sie den Contract?

Brand. Den Contract? — Das heißt —

D. Wolf. Nun ja, oder die brevi manu aufgesetzte Urkunde?

Brand. Ich verstehe. Ich —

Albertine (aufstehend.) Sprechen sie nur gerade heraus, mein Herr. Ich weiß alles. Der Herr Doctor hat mit meiner Einwilligung geschrieben — ich gab sie aus Verzweiflung! Aber ich habe sie gegeben. Zeigen sie ihren Contract her, ehe der Augenblick von Leidenschaft bey mir verraucht —

Brand. Verzeihen sie, Mademoiselle, wenn ich —

Albertine. Ich erlasse ihnen alle Schonung. Eilen sie, damit ich Zeit zum Weinen gewinne!

D. Wolf (verlegen zu Albertinen.) Nun nun, du weißt ja — tröste dich! (Zu Brand) Wir brauchen nicht viel Worte zu machen. Haben sie den Contract?

Brand. Ja freylich.

D. Wolf. So lassen sie mich ihn geschwind lesen.

Brand (suchend.) Es könnte leicht vergessen worden seyn — ihn etwa —

Albertine. Wie, mein Herr? So unbarmherzig schnell?

D. Wolf. Still, Kind, still!

Brand (ihn auf die Seite ziehend.) Ey sagen sie mir doch — es scheint ja eben nicht, als ob sie beyde sich zum Besten vertrügen?

D. Wolf. Eine Kleinigkeit! — Sie wissen wohl — Sie könnten mir beystehen, und sie zu überreden suchen —

Brand. O mit tausend Freuden! Ich begreife recht gut, wie so eine Heirath — und dann freylich der Liebhaber!

D. Wolf. Ganz recht. — Die Freundschaft — (Es wird geklingelt) Nun so wollte ich auch! — Sieh zu, wer es ist, Schwester! Wenn es halbwege angeht, sag lieber, es sey niemand zu Haus. (Barbara geht ab.)

Siebenter Auftritt.

Albertine. Brand. Doctor Wolf.

D. Wolf (zu Brand.) Mir ist noch immer vor irgend einer neuen Unternehmung von Seiten des Spitzbuben von Liebhaber bange! Er hat mir schon so viel zu schaffen gemacht —

Brand. Sachte! Sprechen sie doch leise, daß die Mademoiselle sie nicht hört. So wie die Sachen stehen, darf ja nicht die Rede von ihm seyn.

D. Wolf. Ja, sie haben Recht.

Brand. Ruhig müssen sie aussehen, kleine Aufmerksamkeiten müssen sie haben, und bloß mit ihr beschäftigt scheinen —

Achter Auftritt.

Die Vorigen. Werner.

D. Wolf (auffahrend.) Was gibt's? Wer ist der Mensch? Was wollen sie, mein Herr? Geschwind, wer sind sie?

Werner. Ich weiß nicht, wie ich dazu komme — der Herr Doctor haben ja befohlen —

D. Wolf. Wie? Was? Heraus mit der Sprache! Ihren Nahmen —

Werner. Ich heiße Werner, und bin Schreiber bey dem Herrn Notarius Klauser —

D. Wolf. He? Wie?

Brand (sich zwischen dem Doctor und Wernern stellend.) Sie kommen etwas zu spät, mein lieber Herr Brand. Dieß Stückchen wird nicht gelingen.

D. Wolf. O der unerhörten Bosheit! Das ist er?

Brand. Er selbst.

D. Wolf. Und er wagt es, meiner Wuth in den Weg zu treten? In meinem eignen Hause —

Brand. Entfernen sie sich, mein Herr. Sie treiben es in der That zu weit, und der Anstand verbiethet ihnen —

Werner. Aber meine Herren, erlauben sie doch nur —

D. Wolf. Nichts, nichts da!

Brand. Sie sehen es ja, sie sind erkannt.

Werner. Aber hier ist ein Irrthum. Hören sie doch nur, warum ich gekommen bin. Sie betriegen sich —

Albertine (zu Wernern tretend.) Hier gibt es keinen Betrug, als den du stiften möchtest, Treuloser! Ich kenne jetzt deine niedrige Seele. Ach, und ich liebte dich!

Werner. Sie liebten mich?

Albertine. Der Undankbare! Er will es bezweifeln!

Brand. Das scheint wahrhaftig ein schlimmer Vogel!

D. Wolf. Schämen sie sich, mein Herr. Sie glaubten diese Unglückliche in ihr Netz zu locken; aber sie kennen sie nicht —

Werner. Ey, das sage ich auch!

Albertine. Elender Spötter! Ich habe gelesen, was sie ihrem Freund schrieben —

Werner. Meinem Freund? was ich schrieb?

Brand. Merken sie seine Verlegenheit, und wie er sich verräth?

Werner. Aber mein Herr Doctor, werfen sie nur einen Blick auf dieses Blatt — (Brand, der neben ihm steht, läßt einen Schlüssel fallen) Denn zum Worte läßt mich doch niemand kommen —

Brand. Da, mein Herr, nehmen sie ihren Schlüssel wieder zu sich, den sie mit diesem Papier herausgezogen haben.

Werner. Meinen Schlüssel?

Brand. Ja, er ist aus ihrer Tasche gefallen.

Albertine. Ach mein Herr, geben sie ihm diesen Schlüssel nicht wieder — (Zum Doctor) Nehmen sie ihn zu sich — und vergeben sie mir! Ich muß meine Schuld bekennen! Der Schlüssel öffnet die Thüre meines Zimmers; der Treulose hat ihn nach einem Abdruck machen lassen, den ich ihm zugeschickt habe. Versuchen sie ihn nur —

D. Wolf. Er öffnet! O du ausgemachter Bösewicht!

Werner. Ich will des Henkers seyn, wenn —

D. Wolf. Mir wird ganz grün vor den Augen! Willst du dich nicht gleich packen?

Werner. Nein, ich bleibe, bis man mich angehört hat! Ich bringe —

Brand. Wir wissen so viel als wir brauchen. Machen sie daß sie fort kommen —

D. Wolf (zu Wernern gehend.) Was will er aber sagen?

Albertine (ihn zurückhaltend.) Wenn der Mensch sich nicht den Augenblick entfernt, so bin ich des Todes! Ich sage es ihnen, ich stehe für nichts, so lang ich ihn vor Augen habe —

D. Wolf. Fort, mein Herr, fort!

Werner. Ist das Spaß? Oder haben die Herren ein Glas zu viel getrunken?

Brand (zu Wernern.) Sie setzen sich aus! (Zum Doctor) Lassen sie uns kein Aufsehen machen.

Werner. Und wenn der Teufel hier wäre — ich komme wegen dieses Contracts!

Brand. Contract? So, so! Schon gut — Gehen sie nur. (Indem er ihm das Papier abnimmt) Er ist in guten Händen —

Werner. Aber zum Henker —

D. Wolf. Wir müssen die Wache rufen, wenn er nicht geht!

Brand (zu Wernern.) Nehmen sie doch Vernunft an. Der Herr Doctor hat in seinem Hause zu befehlen. Ein so hartnäckiger Widerstand möchte ihnen übel bekommen. Sie können sich ja bey Gelegenheit immer noch verantworten; aber glauben sie mir, hier können sie jetzt nicht bleiben.

Werner. O so hohl euch alle der Teufel! Das ist ja hier ein wahres Tollhaus —

Brand (ihn hinaus treibend.) Pah, pah! Auf die groben Reden gibt man nicht Acht —

D. Wolf. Geh mit ihm hinaus, Schwester, und schließt die Hausthüre hinter ihm zu.

(Barbara folgt Wernern.)

Neunter Auftritt.

Albertine. Doctor Wolf. Brand.

D. Wolf. Kann man sich aber etwas abscheulicheres denken? Wären sie später gekommen, so wären wir verloren.

Brand. Das glaube ich. Da, (indem er ihm den Contract gibt, den er selbst mitgebracht hat) sehen sie einmahl den saubern Contract, auf den er sich in seiner Verwirrung berufen wollte.

D. Wolf (lesend.) Hm hm — Aha! Herr Ludwig Brand — und Demoiselle Albertine Emilie — Schön, schön! der Spaß war gut ausgedacht —

Brand. Hier ist aber der rechte, der ihm alle Hoffnung abschneidet —

D. Wolf (den Contract lesend, den Brand Wernern abgenommen hat.) Ja, hm, hm — Christoph Pancratius — Ganz recht — und Demoiselle Albertine — So, so!

Brand (den Contract auf den Tisch legend.) Wollen sie sogleich unterzeichnen, und der Sache ein Ende machen?

D. Wolf. Ja, ich bin es zufrieden.

Brand. So reden sie ihrer Demoiselle Braut zu, daß sie uns nicht aufhält — (Während der Doctor sich zu Albertinen wendet, unterschiebt Brand den ersten Contract.)

D. Wolf. Komm, Liebchen, gib deine Unterschrift.

Albertine. Himmel — schon?

D. Wolf. Ich bitte dich —

Albertine. Ich zittre!

Brand. Es ist ja gleich geschehen, Mademoiselle. Kommen sie nur —

D. Wolf. Komm, komm!

Brand. So — Erst sie, Herr Doctor — Jetzt ist's an ihnen, Mademoiselle — Und nun — nun, Albertinen, unterzeichne ich diese glückliche Urkunde!

D. Wolf. He? — Wie? Sie nehmen den Contract mit?

Brand. Das muß so seyn.

D. Wolf. Was ihre Gebühren anbetrifft —

Brand. O für die ist mir nicht bang, und ich will sie ihnen auf der Stelle bekannt machen!

Zehnter und letzter Auftritt.

Die Vorigen. Barbara. Fanger. Reinbold. Madam Reinbold.

D. Wolf. Fanger? Bist du es? Was bringst du?

Fanger. Etwas Gutes, Herr Doctor.

Reinbold. Hier ist ihr ganzes Geld.

Mad. Reinbold (einen Sack auf den Tisch werfend.) Zählen sie nach, es sind ihre hundert Ducaten. Ich bitte, den Empfang zu bescheinigen. Mein Bruder, mein großmüthiger Bruder hat uns von ihrer feindseligen Wuth errettet. Und das ist der Mann, dem sie ihre Mündel versagen!

Reinbold. Laß das, Lottchen. Sieh einmahl, das ist unsere Sache nicht. Der Bruder verdiente freylich — Je da ist er ja! Komm, Bruder, laß mich dir danken!

Mad. Reinbold. Du hier, Ludwig?

D. Wolf. Das ist er? Rache! Hölle und Teufel —

Brand. Still, Herr Doctor. Keinen Lärm, wenn ich bitten darf. Albertine ist frey, und die Meinige. Diese entzückenden Wahrheiten besitze ich hier, durch ihres Nahmens Unterschrift bekräftigt —

D. Wolf. Wie? Diese Ränke sollten —

Brand. Unsre List war unschuldig, und das Glück hat sie begünstigt. Uns leitet die Liebe, sie der Geitz. Gegen ihren unmenschlichen Eigennutz mußten wir alle Vortheile gelten lassen.

D. Wolf. Aber ich begreife nicht —

Brand. Hier ist ihr Contract; den meinen habe ich. Nehmen sie die Sache wie sie wollen, im Guten oder im Bösen: unser Recht getraue ich mir zu verfechten. Erinnern sie sich aber, daß sie uns über ein ansehnliches Vermögen Rechnungen abzulegen haben. Darnach richten sie ihr jetziges Betragen ein, so wie wir uns nach diesem in der Genauigkeit unsrer Untersuchung richten werden.

D. Wolf. Teufel!

Reinbold (ihn mit seinem Fernglas betrachtend.) Schaut, schaut, wie Scham und Wuth auf seiner Stirne abwechseln! Der Ausdruck wäre Goldes werth, wenn ich mich je zur Niederländischen Manier herablassen möchte!

Mad. Reinbold (zu Albertinen.) Schwester! — Lassen sie sich umarmen!

Albertine (indem ihr Brand zärtlich die Hand küßt.) Es ist errungen! Die Qual der Falschheit und der Verstellung ist überstanden —

D. Wolf. Ha! Ehe ich wieder mit Weiberlist anbinde.—

Barbara. Ja, ja, Bruder! Siehst du? (Auf Brand zeigend) Der hat gute Worte gegeben!